小木屋的故事系列

漫长的冬天

（插图版）

［美］罗兰·英格斯·怀德 ◎著

李静 ◎译

吉林美术出版社 | 全国百佳图书出版单位

图书在版编目（CIP）数据

漫长的冬天：插图版/(美) 罗兰·英格斯·怀德
著；李静译. -- 长春：吉林美术出版社，2023.5
（小木屋的故事系列）
ISBN 978-7-5575-5656-3

Ⅰ.①漫… Ⅱ.①罗… ②李… Ⅲ.①儿童小说－长
篇小说－美国－现代 Ⅳ.①I712.84

中国版本图书馆CIP数据核字（2020）第130858号

小木屋的故事系列　漫长的冬天
XIAO MUWU DE GUSHI XILIE　MANCHANG DE DONGTIAN

出 版 人	华　鹏
作　　者	[美]罗兰·英格斯·怀德 著
译　　者	李　静
责任编辑	栾　云
装帧设计	张合涛
开　　本	680mm×960mm　1/16
印　　张	16
字　　数	190千字
版　　次	2023年5月第1版
印　　次	2023年5月第1次印刷
出版发行	吉林美术出版社
地　　址	长春市净月开发区福祉大路5788号
邮　　编	130118
印　　刷	天津海德伟业印务有限公司
书　　号	ISBN 978-7-5575-5656-3
定　　价	58.00元

目录

contents

第一章
趁着阳光灿烂晒干草

从放领地小屋南边的野牛撒欢的水塘传来了割草机欢快的转动声。那里长着茂密的须芒草，爸正忙着把这些草割下来，准备晒成干草。

天空万里无云，阳光照耀的大草原热浪翻滚。太阳已经西落，不过阳光仍然十分强烈，简直跟正午没什么两样，就连偶尔吹来的微风也是火辣辣的。爸还要割上几个小时才能停下来休息。

罗兰在大沼泽边的井里打了一桶水，不断冲洗着手中的棕色水壶，直到把水壶冲得冰凉冰凉的。然后，她把水壶里装满了新鲜清凉的井水，塞紧壶口，提着水壶向大草原走去。

一群群白色的小蝴蝶在小路上空飞舞，一只蜻蜓十分灵活地追逐着一只蚊虫，透明的翅膀在阳光的照耀下宛如薄纱。条纹斑驳的地鼠在草丛中蹦来蹦去，突然逃回洞里了。就在此时，天空中有道黑影掠过。罗兰抬头一看，看到是一只老鹰的眼睛和利爪悬在头顶。幸好，机灵的小地鼠都安全地躲进洞里去了。

看见提着水壶的罗兰，爸的脸上堆满了笑容，他从割草机上跳下来，喝了一大口凉水。"哈！真解渴！"爸说着把壶口塞好，放在地上，用割下来的青草覆盖在上面。

"这么大的太阳，最好有一些树林遮荫。"爸笑着说。其实，爸不喜欢树林。在大森林住的时候，每年夏天，爸在开垦地上都要挖掉不少小树，要不然开垦地就没法种植作物了。而如今，在达科他大草原不仅没有一棵树，没有树苗，就连一片阴凉的地方也没有。

"不管怎么说，身上热了干起活儿来更有劲！"爸高兴地说。然后，他吆喝着，让马快点儿走。山姆和大卫拖着沉重的割草机缓缓地向前走着。割草机长长的钢齿刀片呼呼地转动，平稳地割着草。爸坐在高高的座位上，手握方向盘，看着一片片野草倒在地上。

罗兰坐在草堆上，看着爸来回绕着割草。空气中散发着热气，闻上去就像烤面包的香味。那些带条纹的小地鼠在她身边来回跑着。小鸟扑闪着翅膀，稳稳地停在弯曲的草茎上。一条长着条纹的袜带蛇扭来扭去地穿过茂密的草丛。罗兰蹲坐在草地上，把下巴搁在膝盖上，看着蛇。那条蛇突然抬起头来，盯着她的花布裙子。罗兰一下子觉得自己有如小山一般高大。

蛇圆溜溜的眼睛如同玻璃珠一般闪闪发光，它飞速地吐着芯子，仿佛在喷射一股细细的热气。这种斑纹明亮的小蛇看起来性情温和。罗兰知道袜带蛇不仅不会咬人，还专吃田间害虫，所以人们都希望它们留在自己的开垦地中。

小蛇把头放下，贴在地面上，拉长身体继续前行。它无法从罗兰的身上游过去，因此它便直角转弯，绕过罗兰游进草丛里去了。

割草机的呼呼声越来越大，两匹马摇晃着头走了过来。罗兰突然开口说话，她几乎凑在了大卫的鼻子下，这可把大卫吓了一大跳。

"啊!"爸也吓了一跳,"罗兰,你还没走?怎么还像只松鸡似的躲在草丛里?"

"爸,"罗兰说,"我为什么不能帮你割草呢?让我试一试吧,爸!求求您了,爸!"

爸摘下帽子,用手理了理湿透的头发,以便透透气。"你还没长大,不够强壮,小姑娘。"

"我快十四岁了,"罗兰说,"我能帮你干活儿,我知道我一定行。"

买割草机花掉了不少钱,爸已经没钱来雇帮手了。他也不能和别人换着做帮工,因为这片新开垦的地方并没多少农户,他们都忙着开垦自己的放领地。不过,爸的确需要人手来帮忙堆草。

"好吧,"爸说,"说不定你还真行呢,那就和我一起干吧。要是你真能帮忙的话……"爸说着,叹了口气。罗兰明白了爸的意思,她马上跑回小木屋把这个好消息告诉妈。

"我想你也许能干这些活儿。"妈还是有点儿怀疑。她不习惯看见女人在地里干活儿,只有外国的女人才那样。妈和她的女儿们都是美国人,从不在外面干又苦又累的活儿。不过,如果罗兰能帮忙割草和堆草的话,就可以解决人手不够的问题。于是,最后她还是决定了:"好的,罗兰,你可以试一试。"

卡琳也想去帮忙。"我可以给你们送水喝,我都十岁了,提得起水壶了!"卡琳虽然都快十岁了,但个头看上去还很小。

"罗兰负责的家务活儿,统统都由我来做。"玛丽非常开心地说。她虽然眼睛看不见了,但她很自豪也能像罗兰一样洗碗、铺床。

火辣辣的太阳和热风很快就把草晒干了,第二天,爸就把这些干草堆起来。为了让干草堆通风清爽,他先把干草堆积成细长的一条，再把干草往上堆，一直堆成圆圆的小山形状。第二天清晨，空气凉爽，云雀唱着欢快的歌曲。罗兰和爸一起乘坐马车去了草场。

到了地里，爸赶着马车走过一排排的干草垛。他在每一个干草垛旁都停下来，把干草叉起来扔到草架上，干草顺着草架的边缘滑落下来，罗兰就在车上把干草踏实。虽然罗兰拼命地踩呀踩，但是爸不停地往车上扔干草，所以草堆又是摇摇欲坠。

罗兰脚下的干草越堆越高，她把它们踩得结结实实。她不停地迅速踩着干草，从干草架这边踩到另一边，然后又来到中间踩。天气越来越炎热，干草的香甜味也越来越浓。

罗兰在踩实的干草上越站越高，她的头已经高出干草架的边缘了。要是她能够停下来的话，她就可以好好欣赏一下这片大草原的美景了。然而，爸仍旧在往车上扔干草。

现在，罗兰站得好高啊，滑溜溜的干草向四周倾斜。她不停

地迅速踩着干草，豆大的汗珠顺着脸庞和脖子流淌下来。她的遮阳帽挂在背后，辫子也松了，棕色的长发在风中飘舞。

爸爬上了两匹马中间的横梁，然后他蹬着大卫的背部，爬到了像小山一样的干草堆上。

"你干得很棒，罗兰。"爸说，"干草踩得相当紧实，这一车装了不少呢！"

爸驾驶着马车走向马厩的方向，罗兰就坐在热乎乎的干草堆上。到了马厩之后，她从马车的干草堆上滑下来，坐在马车的阴凉处。爸叉下一些草，然后爬下车来把草铺平整地铺成一个巨大的圆形。接着，他又爬上干草堆，叉下一些干草，再下去把干草摊平，然后踩实。

"我可以帮你铺下面的干草垛，爸。"罗兰说，"这样你就不用上下倒腾了。"

爸把帽子往脑后推了推，靠着干草叉站了一会儿。"堆草确实需要两个人配合。"他说，"我这样太耽搁时间了，不过，你有这个心意就好啦，你还太小，小姑娘。"罗兰继续央求爸让她帮忙，爸只好说："那么，我们试一试再说吧。"他们装上第二车干草回来的时候，爸递给罗兰一把干草叉。长长的干草叉比她还高，她不知道该怎么用，不免手忙脚乱、笨手笨脚的。爸把干草从马车上抛下来，她就尽力把草铺平，在草垛上来回地踩，把草踩实。尽管她十分努力，可爸在运回下一车草时，还得亲自铺草。

现在太阳越来越烈，清凉的风也渐渐变成了一股股热浪，罗兰的腿开始累得发抖。幸好她可以趁马车在田里和草垛间来回走的间隙，稍作休息。她觉得到口渴难耐，而且越来越渴，最后一门心思地想喝水，再也想不到别的事情了。大约十点左右，卡琳终于提了半壶水气喘吁吁地来了，罗兰觉得自己好像等了一辈子那么久。

爸让罗兰先喝，不过让她不要喝得太多。冰爽可口的水从喉咙里流过，简直太舒服了！不过她刚喝一口，就惊讶地停了下来。卡琳在一旁拍着手，大声笑着叫道："不要告诉爸，罗兰，让爸自己尝尝。"

原来，妈给他们做了姜汁水。她在水里加了糖和醋，还放了很多姜片来暖胃，这样他们就可以尽情地喝，直到解渴为止。因为在这样的暑热天气中喝凉水可能会生病，但是生姜水就不会。今天喝到了姜汁水这种特别的饮料，让很普通的日子变得十分特殊了。这是罗兰第一天帮忙堆干草呢。

到了中午，他们终于运完了干草，并堆好了草垛，爸还亲手给每个草垛做了一个圆顶，这可是个技术活儿。只有圆顶做好了，雨水才不会渗到草垛中。

他们回到小屋时，午餐已经准备好了。妈仔细瞧了瞧罗兰，问道："她能行吗？那些活儿对她来说是不是太难了，查尔斯？"

"才不呢！她结实得就像一匹法国小马，她可帮了我大忙了。"爸说，"要是我一个人来堆那些草，得花整整一天时间，现在，我们半天就干完了。这样，我下午又可以去割草了！"

罗兰听了感到特别自豪。她的手臂、后背和大腿都特别酸痛，但是她没有告诉任何人。那天夜里，躺在被窝里，她感觉全身都痛得要命，眼泪都流了出来，她也没有说。

爸割好一堆干草，耙成一堆后，就和罗兰一起堆干草垛。罗兰的身体已经渐渐适应了这样的工作强度，疼得不再那么厉害了。看着自己帮忙堆出的草垛，她很开心。罗兰帮爸在马厩的两边各堆了一个长长的草垛，然后又在别的地方堆了三个大大的草垛。

"好啦，现在高地上的干草割完了，我想再割一些沼泽地的干草。"爸说，"反正这又不用花什么本钱，明年春天有新农户搬来时，说不定还能卖上一些呢。"

爸说完就去大沼泽割那些粗糙的长长的干草，罗兰就在一旁帮忙堆草垛。沼泽的草比草原的草要重一些，她没法用干草叉把它们叉起来，不过她可以把它们踩实。

"爸，你看，有些草你没有装上。"有一天，爸装完了干草，正要驾车回去时，罗兰着急地说。

"是吗？"爸感到很惊讶，"在哪儿啊？"

"就在那些长草里面。"

爸顺着她指的方向看去："那不是干草堆，爱操心的姑娘。那是麝鼠的窝。"爸说着朝那个地方又望了望。"咱们去看看，"爸说，"想跟我去吗？马不会跑的。"

爸拨开茂密的、高高的草丛走了进去，罗兰紧紧地跟在他身后。脚下的地面湿湿的、软软的，草根处还有浅浅的水滩，茂密的青草包围了他们。罗兰只能看见爸的背影。地面越来越湿，她小心翼翼地走着。突然，一个波光粼粼的水塘出现在她眼前。

麝鼠的窝就在水塘边上。它比罗兰还高还大，即使伸出两只胳膊去抱，也抱不过来。窝顶是灰白色的，粗糙而坚硬。麝鼠把干草咬成粉末，混上粘土，做成上等的壁土糊在窝的周围，再想办法弄得平滑一些，这样下雨时，就不会有雨水留在窝的周围。

不过，麝鼠的窝却没有门，也没有任何通道。周围的草地以及水塘泥泞的岸边上，没有麝鼠的脚印，根本看不出这些麝鼠是怎样进出它们的小窝的。

爸说，现在麝鼠正躲在厚厚的墙里面睡大觉呢。麝鼠都蜷缩在铺了草的房间里，房间都有又小又圆的出口，通往倾斜的走廊。走廊弯弯曲曲地从窝的顶部通向底部，最后通向黑黢黢的水里，那就是麝鼠窝的大门。

太阳下山了，麝鼠从睡梦中醒来，欢快地穿过走廊，再潜入黑暗的水泽里，进入无边的黑夜中。整个夜里，它们在星光照耀下沿着水边嬉戏游玩，吃水草、草茎、草叶等食物。当黎明悄悄到来时，它们又会潜入水中，从水里的大门进入自己的窝休息。

罗兰摸了摸麝鼠窝的墙壁，粗糙的墙壁在热风的吹拂和阳光的照耀下烫烫的。不过，在厚厚的外壁里面应该是十分凉爽的。她差不多可以想象出麝鼠们睡在窝里的样子。

"看来，今年冬天一定会很冷。"爸摇摇头说。

"爸，你怎么知道呢？"罗兰吃惊地问。

"冬天越冷，麝鼠就会把房子建得越厚。"爸说，"我从来没见过这么厚的麝鼠窝。"

罗兰又看了看麝鼠窝。那确实是个厚实的窝。太阳火辣辣的，就像火焰一样穿透了她褪了色的薄薄的印花布衫，灼痛了她的肩膀。炎热的风呼呼地吹着，水草好像被蒸熟了，散发出熟透了的味道，盖过了沼泽里潮湿的泥土气息。罗兰实在无法想象冰天雪地的冬天是一副什么景象。

"爸，麝鼠怎么会知道呢？"她好奇地问道。

"我也不明白它们是怎么知道的，"爸说，"但是，它们的确知道。我想，或许是上帝告诉了它们。"

"那为什么上帝不告诉我们呢？"罗兰继续追问着。

"因为，"爸说，"我们不是动物。我们是人类，就像《独立宣言》中说的那样，人类生而自由。也就是说，人类只能靠自己照顾好自己。"

罗兰小声地说："我还以为上帝会照顾我们呢！"

"上帝是在照顾我们啊。"爸说，"只要我们做得对，上帝就会照顾我们。所以，上帝给了我们明辨是非的大脑与善良公正的良心，还有决定自己命运的自由。这就是我们和其他动物之间的不同之处。"

"麝鼠不可以做它喜欢做的事吗？"罗兰问道。

"不能，"爸说，"你看看它们的窝，几百年前就是这个样子，现在还是这个样子，永远都会这样，它们造不出更好的窝。可是人却可以随心所欲造各种各样的房子，只要人能想得到的，都可以造出来。如果他盖的房屋不能遮风挡雨，那就是他自己的事了。因为人是自由而独立的。"

爸又站在那儿思索了一会儿，然后甩甩头说："来吧，小姑娘，我们最好还是趁太阳好多晒些干草。"

他眨了眨眼睛，罗兰笑了起来。阳光似乎也变得更热烈起来。那天，一直到太阳落山，罗兰与爸都在忙着工作。

麝鼠有一个温暖的、墙壁厚厚的窝来抵挡冬天的寒风，可是，罗兰家的小木屋是用薄薄的木板钉起来的，遇到这种炎热的天气都开裂了，那些墙壁之间的大裂缝，就算使用狭窄的木板也是修不好的。

第二章
去镇上

九月的一天清晨，青草上覆着一层白霜。不过，这层霜薄薄的，等太阳一出来，就会被晒得融化蒸发掉。罗兰朝外面看了看这个晴朗的早晨，那时候霜就已经不见了。

吃早饭的时候，爸说真没想到霜会起的这么早。

"结霜会不会损坏干草啊？"罗兰问爸。爸说："这么薄的霜只会让割下来的干草干得更快。不过我得赶紧干活儿了，否则天气一变，我就没法收割堆积干草了。"

那天下午，爸抓紧时间干活儿，连罗兰送水过来，他也顾不上喝上一口，只顾忙着割沼泽地的长草。

"把水瓶盖好吧，小姑娘。"爸把水壶递给了罗兰，"我争取在太阳下山前把这一片草割完。"他催促着山姆和大卫，它们拖着呼呼转动的割草机来回走动。突然，机器发出奇怪的声音，爸立即大声吆喝道："停！"

罗兰急忙跑过去看个究竟。爸正在检查切割条。原来，排列着一排刀片的横木中，有个刀片掉下去了，横木中有个空隙。爸捡起刀片，但是很明显已经没办法修好了。

"没办法修了，"爸说，"只能去买一个新的换上。"

发生了这样的事情真让人沮丧。爸想了一想，说："罗兰，你能不能去小镇买个刀片回来？我不想浪费时间，趁你去的时候，我还可以继续割草。问你妈要五分钱，你就到福勒的店里去买吧。快去快回。"

"好的，爸。"罗兰说。其实，罗兰很不愿意去镇上，她并不是害怕，只是不喜欢看到那么多陌生面孔。

她有一件干净的印花布衣裙，还有一双还不错的鞋子。罗兰在匆匆赶回家的路上，心里还美滋滋地想，妈也许还会让她系上外出专用的缎带，还会戴上那顶玛丽刚刚熨过的遮阳帽呢。

"我要到镇上去，妈。"她冲进屋子，气喘吁吁地说道。

罗兰向妈说明了去镇上的原因，卡琳和玛丽都在一旁听，甚至连格蕾丝也睁着大大的蓝眼睛看着她。

"我陪你一起去吧。"卡琳说。

"妈，她可以跟我一块儿去吗？"罗兰问。

"那就要看你们是否来得及穿外出衣服了。"妈回答说。

很快她俩都换好了干净的衣服，穿上了袜子和鞋子。但是妈认为在平常日子里，用不着系束发缎带，所以，罗兰只好又戴上了自己那顶不好看的帽子。

妈说："要是你平时好好地珍惜这顶帽子，现在就不会这么旧了。"罗兰老把太阳帽挂在后背不戴，所以帽子被挤压成了奇怪的形状。这一切只能怪罗兰自己不够爱惜。

妈从爸的钱包里取出五分钱交给罗兰，罗兰和卡琳转身就匆匆朝镇上走去。

她们沿着爸的马车车轮压出来的痕迹走，经过水井，走过长满草的干土坡，绕过大沼泽，然后穿过沼泽地里又高又粗糙的草丛，走上热浪滚滚的草原。此时，整个大草原看上去十分怪异，甚至连风吹过草丛时，也好像发出了吓人的声响。罗兰很喜欢这样的景象，她真希望她们不用去小镇了。

到了镇上，罗兰看到很多店铺前面都放着一块大型的看板，使整个店面看起来更大了。罗兰不喜欢这种夸大的风格。

来到大街上后，罗兰和卡琳便一直沉默不言。商铺前面的门廊里站着几个男人，拴马桩上拴着两队套着马车的马。而爸盖的那个商铺孤零零地立在街对面。商铺已经租出去了，里面有两个男子坐着交谈。

罗兰和卡琳走进杂货店。一进门，她们就看见柜台后面的墙壁上挂着闪闪发亮的铁桶、铁锅和油灯。此时，正有两个男子坐在铁桶上，还有一个男子坐在一把犁上。他们见有人进来了，便停止了聊天，看着罗兰和卡琳。

罗兰说："爸想要一个割草机的刀片，先生。"

"他弄坏了一个刀片，是吗？"坐在犁上的那个人问。

"是的，先生。"罗兰回答。

她看着那个人把闪闪发亮的三角形刀片用纸包起来。他一定是福勒先生了。罗兰接过刀片，把五分钱递给了他，并且礼貌地说："谢谢您！"然后便和卡琳走出去了。

爸交代的任务完成了。但直到走出小镇，她们才开口说话。卡琳说："你做得真棒，罗兰。"

"这没什么，买点儿东西罢了。"罗兰说。

"我知道，可是当人家看着我的时候，我总是感觉怪怪的，不过，我也知道那并不是害怕。"卡琳说。

"没什么好怕的。"罗兰说，"我们用不着害怕。"可接着，她又突然说道："其实，我也和你有同样的感觉。"

"是吗？你看上去一点儿也不害怕。有你在我身边，我感到特别安全。"卡琳说。

"只要我在，你肯定是安全的。"罗兰说，"无论什么时候，我都会好好保护你的。"

"我知道你会的。"卡琳说。

两个人走在一起感觉真是好极了。她们生怕弄脏了鞋子，尽量避开充满灰尘的马车后面，而是走在路中间较为坚硬的地方，上面的草都被马踩倒了。她俩虽然没有刻意地手拉手走路，可这种美好的感觉，让她们觉得仿佛就是牵着手的。

罗兰又想起了以前的往事。卡琳一直是一个最可爱的妹妹，一开始她只是个小小的婴儿，接着被大家称为"小宝宝卡琳"，再后来她变成了喜欢黏人、问问题的小家伙儿，总是好奇地问"为什么"。现在，她长大了，已经十岁了，能够当她真正的妹妹了。现在即使爸妈不陪同，她们也可以一块儿出门了。爸交代的事情已经办完，她们感到特别轻松。她们置身在辽阔的草原中，沐浴着灿烂的阳光，感受着风的吹拂，觉得自己是如此地自由，一种不依靠他人的独立感油然而生。

"还要走很长的路才能走到爸那儿去呢，"卡琳说，"我们不如走这条路吧，应该很快就能到家了。"

"那条路要穿过沼泽啊。"罗兰说。

"可是现在并没有水啊！"

"那好吧，咱们走那边。"罗兰说，"爸也没交代一定走大路，他只是叫我们快一点儿。"

于是，她们不再沿着绕过沼泽的大路走，而是沿着直线走向长满了水草的沼泽。

起初她们还觉得挺好玩的，仿佛走进了爸那本绿皮图书的图画里。罗兰在茂密的草丛中开路，草丛发出沙沙声，等卡琳走过之后又合拢了。粗糙的草秆和细长的草叶非常茂密，在阳光无法照耀的阴暗处，绿色与金色交相辉映，非常迷人，脚下的土地已经干裂了。在草叶热乎乎的气味里面又掺杂了一种湿气的怪味。这里的草非常高大，草叶在罗兰的头顶沙沙地摆动，但根部非常坚实而宁静，除了她们的脚步声之外，再也没有别的声音。

"爸在哪儿啊？"卡琳突然问道。

罗兰看了看卡琳。只见卡琳的脸在草丛阴影的映衬下显得十分苍白，眼睛里也透出几分恐惧的神情。

"哦，我们从这儿看不见他。"罗兰说。她们只能看到大片的草在风中摇动，以及在头顶照耀的太阳。

"他就在我们的前方，我们一会儿就到了。"罗兰欢快地说。罗兰表面上信心十足，其实她心里也一点儿把握也没有。因为她自己也迷路了，不能确定会将卡琳引向何方。天气闷热，汗水顺着她的脖子流到身上，但是她心里却感到阵阵寒冷。她还记得住在布鲁金斯附近的几个小孩在草原上迷路的事，况且，大沼泽比草原还恐怖呢，妈总是担心格蕾丝在大沼泽中迷了路。

罗兰侧耳倾听，仔细地分辨着割草机的声音，但是她的耳边始终充斥着草丛的沙沙声。高高的杂草在风中摇动，她连太阳在哪儿也看不见了。草丛随风弯曲摇摆，她根本没办法看到太阳在哪个方向。罗兰四处寻找能够攀附的东西以便看看远处有什么，但是她什么也找不到。

"来吧，卡琳。"她坚定地说。她不能让卡琳害怕。

卡琳十分信任她，但是罗兰自己都无法确定方向，她甚至都不敢确定自己是不是在朝着一个方向走。在她前方，总是有大片的草丛挡住她的去路，她只好从两侧绕过去，但还是不能肯定自己有没有在绕圈子。许多迷路的人都是在来来回回绕圈子，再也找不到回家的路。

这片沼泽地连绵了差不多一英里 ①，草太高了，根本看不见前方的路。草丛地里也没有任何东西可以垫脚，让罗兰探出头去观察。沼泽地这么大，如果姐妹俩不是沿着直线走的话，可能就永远也走不出这里了。

"我们走了这么远了，罗兰，"卡琳喘着粗气说，"怎么还没看见爸呢？"

"我记得就在这附近。"罗兰说。她已经无法沿着来时的路回到安全的大路上去了。她的鞋子在太阳烤干的泥地里没有留下任何脚印。无边无际的草丛随风摇摆着，每一棵草下面的叶子都干枯地耷拉在那里，看起来都是一个样子。

卡琳微微张开嘴巴，眼睛睁得大大的，惊恐地看着罗兰，仿佛在说："我们迷路了。"但是她并没有说出来。她知道，就算已经迷路了，慌慌张张也没有丝毫作用。

"我们最好继续往前走。"罗兰说。

"我想只有这样了，只要我们还能走得动。"卡琳表示赞同。

于是，她们继续往前走。她们一定是走过爸割草的地方了，可现在罗兰没有办法确定，也许现在掉头往回走的话，她们就真的走到更远的地方了。她们只能往前走，她们不时地停下来，擦一擦汗水。她们感觉喉咙都快冒烟了，却找不到任何水源。一路上不停地拨开草丛，也累得不行。推开一堆干草丛并不难，如果只有一次也就罢了，但是像现在这样不停地重复，会比踩踏干草还让人疲惫。卡琳瘦小的脸蛋变得煞白，她实在是太累了。

又继续走了一段时间，罗兰发现前面的草丛变得稀疏了些，

①　1 英里 =1.609344 公里。

阴凉处也比先前要明亮些，抬头一看，可以看到草尖的周围出现了蔚蓝色的天空。接着，罗兰看见了原本黑黝黝的草秆上面金灿灿的阳光。啊！前面肯定有池塘，爸和割草机说不定就在那儿呢。

然后，她们发现了被割掉的草丛的残株，四周突然明亮起来。其中还有几堆割下来的草。可是，她听到了一个陌生的声音。

那是个男人的声音，声音响亮，中气十足：“快一点儿，阿曼乐。我们得把这些草装上车，天快黑了。”

只听另一个声音懒洋洋地回答道：“嗯，罗雷。”

罗兰和卡琳紧紧地依偎在一起，向前方望去，惊讶地发现那些干草并不是爸割下来的。

　　因为，她们看到一辆陌生的马车停在草地上，车上装着满满的干草。在干草堆顶上，刺眼的阳光下，有一个男孩正悠闲地趴在上面，翘起两只脚，用手托着下巴。

　　车旁另一个男孩正叉起一大堆干草，扔到车上。干草一下把那个男孩埋住了，但是他马上就甩掉头顶和身上的干草，微笑着爬了起来。男孩有一头黑色的头发，蓝色的眼睛，他的脸和手臂被太阳晒成了棕褐色。他看见了罗兰，向她打招呼："嗨！"现在两个人都看到了罗兰和卡琳从高高的草丛中钻出来。罗兰心想自己的举动一定像一只兔子。她真想转身跑到草丛里面躲起来。

　　"我以为爸在这儿呢。"罗兰说。小卡琳一动不动地站在她背后。

　　"这里就我们兄弟两个，并没有其他人。你父亲叫什么名字？"那个叉草的男孩说。

　　"肯定是英格斯先生，对吗？"车上的男孩盯着罗兰看，问她。

　　"是的。"她说，然后看了看驾车的两匹马。她曾经见过这两匹漂亮的棕色马，这是怀德家的马。那么这两男孩一定是怀德兄弟了。

　　"我从这儿可以看见他，他就在那边。"车上的男孩说。罗兰抬起头来，看了看他手指的方向。他朝她眨着蓝色的眼睛，好像是两个人已经认识很久了一样。

　　"谢谢你。"罗兰说，然后带着卡琳走上了男孩指的那条道路。

　　"你们回来了！"爸看到罗兰与卡琳走过来时，立刻亲昵地喊着。接着，他摘掉了帽子，用手背擦了擦额头的汗水。

　　罗兰把割草机的刀片交给爸，爸打开工具箱，给割草机换上了新刀片，为了牢固一些，又打上钉子。

　　"好了！"爸说，"告诉你妈我会晚些时候回来吃饭，我要割完这片草地。"

罗兰和卡琳走向小屋的时候，割草机又嗡嗡地响了起来。

"你刚才害怕吗，罗兰？"卡琳问。

"嗯，有点儿，不过现在没事了。"罗兰说。

"是我不对，是我要走那条路的。"卡琳说。

"是我的错，因为我比你大一些。"罗兰说，"好了，过去的事情就别再说了，以后我们就别走小路了。"

"你会把这事告诉妈和爸吗？"卡琳有些担心地问。

"如果爸妈问起的话，我们就如实说。"罗兰回答。

第三章
那年秋天

爸和罗兰在九月湿热的天气里，把最后一车干草堆好。爸打算第二天去别的地方多割些草，没想到那天早晨下起雨来。淅淅沥沥的小雨，一连下了三天，雨水顺着窗子流下，滴滴答答地打在屋顶上。

"我们早该料到的，"妈说，"这个季节的天气就是这样的。"

"是啊，"爸同意妈说的，但是他有些不安地说，"天气完全变了，从身体的感觉就能知道。"

第二天清晨，小木屋变得非常寒冷，玻璃窗上结满了厚厚一层霜花，窗户外也是一片银白色。

"天哪！"妈在生炉火的时候冻得直发抖，"这才仅仅是十月的第一天呀。"

罗兰穿上鞋袜，围上围巾，到水井那里去打水。寒风吹在罗兰脸上，冻得她鼻子都红了。天空阴沉沉的，整个大地白茫茫一片。每一片草叶都沾着厚厚的冰霜，道路上也结了一层霜，还有水井上的木板上，以及小屋外侧支撑防水纸的横梁上，都覆盖着白霜。

这时，太阳从草原的一边露了出来，刹那间，整个世界闪闪发光。不管多小的东西，朝着太阳一面的都闪烁着玫瑰色，朝向天空的则闪着淡蓝色。草原的草丛里，每片叶子都沾着水珠，闪出了彩虹一般的颜色。

罗兰爱极了这样的景色。她知道这种白霜会让草原的一切植物全部枯萎。在菜园里，一些还挂着红色或绿色的果实的番茄枝，还有结着橙黄色果实的南瓜藤，全都覆盖了白霜，现在也在阳光下闪闪发光。玉米秆和叶子都呈白色，冰霜已经把它们冻死了。所有绿色的东西都被冻死了。但是，白霜实在是太美了！

吃早餐的时候，爸说："再也不能割干草了，我们得抓紧时间收割庄稼。第一年的收成不会很好，因为那些地里长满了野草。不过等今年冬天草皮腐烂了，明年就会大丰收了。"

被翻起的泥土凝结成块，草根布满了耕种过的地面。在这些草根下面，爸挖出小小的土豆，罗兰和卡琳把它们捡起来放在铁皮桶里。罗兰讨厌把手指伸进泥土里，她感觉脊背直打战，可土豆总得有人来拾。她和卡琳一共拾了满满五大桶，这些就是她家今年仅有的土豆。

"挖了这么久，才挖这么一点点。"爸说，"不过还好，有五袋，总比一点儿也没有强多了。我们接着去摘豆子吧。"

爸拔起那些干枯的豆藤，堆在一起晒干。这时，太阳已经升得很高了，温暖的阳光融化了冰霜，寒风吹拂着黄褐色的大草原。

妈和罗兰忙着摘番茄。番茄的藤蔓已经发黑枯萎，所以她们把那些绿色未成熟的番茄叶摘了下来。红色的番茄大约收获了四公升，摘下来用瓶子装好。

"这些青番茄要用来做什么？"罗兰问。

"等会儿你就知道了。"妈回答。

妈仔细地把青番茄洗干净，再切成薄片，然后加上盐、胡椒、醋和香料一起煮。

"番茄酱就是这样做成的，今年大约有两公升左右是这样做成的，这个冬天，这些青番茄配着烤豆吃，将是一道美味佳肴呢。"妈乐呵呵地说道。

"而且，我们还有四公升的红色番茄呢！"玛丽补充道。

"还有五袋土豆。"罗兰说着在她的围裙上使劲擦了擦手，她的手上还残留着那种干燥的带有泥沙的味道。

"看看，还有这么多萝卜呢！"卡琳又蹦又跳，她特别喜欢吃生萝卜。

爸笑了起来。"等我把这些豆子去掉皮后，再筛一筛，装进袋子里，差不多也能有五十多斤呢。然后，我再把玉米给收割了，放进地窖里。我们今年的收成还算不错了。"

罗兰知道，其实今年的收成很差，不过干草和玉米已经足以让马和牛度过这个冬天，而五袋土豆和将近一袋的豆子，再加上爸打来的猎物，也可以让全家人熬过这个冬天。

"明天我就去把那些玉米收回来。"爸说。

"查尔斯，你不用这样心急啊。"妈说，"这场雨已经停了，这样好的秋天不用担心。"

"嗯，这倒是真的。现在虽然早上和晚上有些冷，但是白天依然阳光明媚。"

"我们可以吃点儿新鲜肉，好换一换口味。"妈建议说。

"等我收割完玉米就去打猎。"爸说。

第二天，爸就去收获玉米了，再把它们扎成圆锥形，十个玉米组成一个圆锥形，放在干草堆的旁边，就好像印第安人的小屋一样。堆好以后，爸又从菜园里摘了六个金黄色的大南瓜。

"在这样长着杂草的地上南瓜不能好好地长藤结果。"爸说，"霜把还没成熟的南瓜冻死了。不过，我们还是收获了很多明年使用的种子。"

"今年你为什么这么早就摘下南瓜？"妈问道。

"我也不清楚，总觉得有些不对劲，有一种力量在催促我。"爸解释说。

"看来你需要好好休息一下。"妈说。

第二天早晨，天空飘起了蒙蒙细雨。爸做完杂活儿，吃过早饭就穿着外套出门了。

"我出去打一只野雁回来。"他说，"昨天我好像听到了它们的叫声，就在沼泽地那边。"

爸取下猎枪，放在外套里，然后冒着雨出去了。

等爸刚一离开，妈就说："好了，姑娘们，咱们来给你们的爸爸一个惊喜吧。"

正在洗碗盘的罗兰和卡琳，立即转过身来，玛丽正弯着腰整理床铺，听到这句话也停了下来

"什么惊喜啊，妈？"她们齐声问道。

"赶快把手里的活儿干完。"妈说，"罗兰，你赶快到玉米地去去摘一个青南瓜回来。我要做一个南瓜馅饼！"

"南瓜馅饼！"还没等玛丽说完，罗兰就抢先问道："南瓜馅饼？我可从来没听说过啊，妈。"

"其实我也没听说过，"妈说，"不过，如果没有听说过，就不敢去尝试的话，那我们永远也不会做出新的东西来了。"

罗兰和卡琳迅速地把碗盘洗干净，然后罗兰冒着蒙蒙细雨，跑到了玉米地里，从玉米地里拖回来一个最大的青南瓜。

"快去炉灶旁把衣服烘干。"妈说，"罗兰，你虽然还小，但是

下雨天外出，也得披上披肩才行？"

"我跑得可快了，雨根本淋不到我。"罗兰说，"妈，我现在做什么呢？"

"你把南瓜皮削掉，然后切成片，我来做馅饼皮。"妈说，"让我们来看看，到底能做出什么样的食物。"

妈把馅饼皮放在盘子上，再放上一些白糖和香料，然后再把切成薄片的南瓜放进馅饼皮里，并倒半杯醋，还加入一块黄油，最后，拿馅饼皮盖住。

"好了！"她把馅饼皮的边缘捏好后说道。

"想不到还有这种做馅饼的方法。"卡琳的眼睛瞪得大大的，好奇地注视着这个馅饼。

"其实啊，我也没有多大的把握能够做好。"妈说，她把馅饼放进烤箱里，关上烤箱门，"要想知道行不行的唯一方法只能亲自尝试一下。吃午饭的时候，我们就知道结果了。"

她们坐在整洁的小屋里耐心地等待着。玛丽得赶在冬天来临之前给卡琳织一双暖和的毛袜，罗兰正把两块棉布缝到一起做成一个床单，她把棉布的末端用别针固定，放在膝盖上，又仔细把两块布拉平，用细密整齐的针脚缝合起来。

针脚必须细密、均匀，下针的时候要用力均匀，这样才能把床单缝平整，中间的地方才不会凹凸。而且，所有的针脚看上去都要差不多，最好不要有差别，这些都是做缝纫活儿必须掌握的要领。

玛丽以前很喜欢做针线活儿，不过现在她眼睛看不见了，就再也不能做了。罗兰一拿起针，就感觉心浮气躁，她真想大声尖叫，因为她的脖子酸痛，最让人心烦的是，线又缠绕在一起，形成一个个小疙瘩，所以她不得不缝了拆，拆了缝，因此浪费了很多时间。

"毯子宽得可以盖住床了，"她烦躁不安地说，"为什么就不能把床单做宽一点儿呢？"

"因为床单是细棉布做的，"玛丽说，"用一条细棉布做的话不够宽。"

罗兰手上的针从顶针的一个小孔穿了过去，戳到了她的手指，她咬紧嘴唇什么也没有说。

馅饼烤得棒极了。妈放下手中正在做的衬衫，把烤箱门打开。一股浓浓的香味弥漫开来。妈把馅饼翻了个面，让它烤得更均匀，卡琳和格蕾丝站在旁边眼巴巴地望着。

"烤得真好啊。"妈说。

"爸一定会觉得很惊喜吧！"卡琳兴奋地嚷道。

午饭前，妈从烤箱里取出馅饼，真的烤得非常好。

她们一直等到了一点，爸还没回来。爸打猎的时候总是不大留意时间，所以她们只好先吃饭，那些馅饼留到晚上再吃。

毛毛细雨一直下到傍晚，罗兰去井边打水的时候，看到天空灰蒙蒙的。草原远处，褐色的草丛都被雨水淋湿，沼泽里高高的野草上不断地往下滴着水，草叶全部倾斜下来。

罗兰匆匆地从井边赶回家。她一点儿也不喜欢草丛被雨水打湿的样子。

一直等到吃晚饭的时候，爸才安静地回来。他手中除了一把猎枪以外，什么也没有。

"怎么了，查尔斯？"妈赶紧问道。

爸脱下湿漉漉的外套，摘下滴着水的帽子，把它们挂起来，然后说："我也想知道到底是怎么一回事。真是太奇怪了，湖上连一只野鸭也看不到，沼泽里也没有。我明明听到它们在高空鸣叫，不过却没有一只飞下来休息，它们都在朝南飞，其他的动物也通通不见了踪影。"

"没关系，"妈说，"晚餐都准备好了。你就靠着炉火坐，查尔斯，把身上的衣服烤干，然后我们把桌子抬到炉火旁。唉，好像天气又冷了！"

确实，天气越来越冷了。寒冷的空气从罗兰的裙子下面钻到了赤裸的膝盖上。幸好晚餐热气腾腾，美味可口，温馨的灯光下面，家里每个人的脸上都因为为爸准备的惊喜而充满了光彩。

不过爸并没有注意到这些，他大口大口地吃着，却没留意嘴里吃的是什么。他只是喃喃地说："真奇怪啊！野鸭为什么不飞下来呢？"

"也许那些鸟想去温暖的阳光下面去吧。"妈说，"我们能有自己的小屋，真是太幸福了！""

爸推开他的空盘子，妈对罗兰递了个眼色，说："可以了！"

这时，除了爸之外，每个人都乐呵呵的。卡琳在她的椅子上摇晃着身子，格蕾丝在妈的腿上蹦跳着，罗兰端出了馅饼。

刚开始，爸没有注意到。但是只过了几秒钟，他就惊讶地说："啊，馅饼！"

爸惊讶的程度远远超出她们的想象，所以孩子们都大笑了起来。

"卡洛琳，你是怎么做出馅饼的？"爸惊叫起来，"这是什么馅饼啊？"

"尝尝就知道了！"妈说。她切了一块放在爸的盘子里。

爸用叉子切下一小块放进嘴里。"苹果馅饼！你是从哪儿弄来的苹果啊？"

卡琳再也忍不住了，她大叫着："是南瓜馅饼！妈用南瓜做的！"

爸又咬了一小口，仔细品尝着。"真是一点儿也没想到，"他说，"你妈的手艺真是天下无双啊。"

妈没有说什么，不过她的脸颊飞起一抹红色，笑着看全家一起品尝着美味。他们一小口一小口地吃着，好能慢慢品尝它的滋味。

这真是一顿愉快的晚餐，罗兰真希望它永远不要结束。她和玛丽、卡琳躺在床上的时候，她还一直睁着眼睛，只为了不想这么早就失去这快乐的气氛。

后来，她慵懒而舒适地躺在温暖的被窝里，雨水敲打在屋顶的声音如同音乐那般欢快。

突然，一滴水珠滴在罗兰的脸上，她从梦中惊醒。她觉得这不是雨水，因为头顶上有屋顶挡着呢。她把身体靠近玛丽那边，又渐渐沉入漆黑而暖和的梦乡里。

第四章
十月的暴风雪

罗兰突然从睡梦中醒来，随着耳边传来的美好歌声，她听到一种古怪的拍打声。

啊，我像向日葵那么幸福，（啪！啪！）

在微风吹拂下点着头，摇曳着，啊！（啪！啪！）

我的一颗心，（啪！）

如此轻柔，（啪！）

好像微风在吹啊吹，（啪！啪！）

吹得树叶悠悠地飘落。（啪！啪！）

原来是爸正在唱那首向日葵的歌曲，一边唱还一边用手拍打着胸膛。

罗兰觉得鼻子好冷。她蜷缩在被窝里，只有鼻子露在外面。她探出头去张望，明白了爸是为了想让自己的双手更暖和一些，才拍打自己的胸膛。

爸已经生好了火。炉灶里的火熊熊燃烧着，可是小屋里的空气还是像要冻结了一样寒冷。滴到被子上的雨水已经结了冰。风在小屋四周盘旋咆哮，就连屋顶及墙壁也传来了风声。

卡琳睡眼蒙眬地问道："是什么声音啊？"

"是暴风雪，"罗兰回答她，"你和玛丽就待在床上吧。"

罗兰说完，就迅速地从被窝里爬出来，尽量不让冷空气钻进被子里。她穿衣服的时候，牙齿直打战。妈也在帘子那边穿衣服，她们两个都冻得说不出话来。

她们走到炉灶旁，炉火正在熊熊燃烧，可周围的空气仍然寒冷。窗户外面的雪花正在肆意飞旋，雪花从房门的空隙处飞到地板上，墙上的钉子也都变成了白色。

爸到马厩去了。罗兰暗自庆幸，在马厩和小屋之间码着一堆堆干草，排成了一排，这样爸就可以沿着一个草堆走到另一个草堆，不会迷路。

"外面在刮暴风雪呢！"妈发着抖说，"才十月啊，就这样冷了……"

她往炉灶里添了些木柴，又把水桶里结的冰敲碎，取一些放入水壶中烧开。

桶里剩下的水已经不到一半了。在这样的恶劣天气中，走到水井处打水是不可能的事情，所以必须节约用水。不过地板上的雪是干净的，罗兰就把雪捧入铁盆里，放到炉灶上融化成水，用来洗脸。

慢慢地，炉灶边好像没有那么冷了，于是，罗兰用被子把格蕾丝包裹起来，把她抱到炉灶旁穿衣服。玛丽和卡琳也走到炉火边，浑身哆嗦着穿上衣服。今天太冷了，所以她们都穿上了鞋袜。

爸回来的时候，早餐已经准备好了。他一进门，就带进了一股寒冷的风雪。

"我说吧，麝鼠能够预知未来的天气，对吧，罗兰？"爸等身子暖和一点儿后开口说，"就连那些野雁也知道。"

"难怪它们都不飞到湖面上来。"妈说。

"湖面现在已经结冰了。"爸说，"气温接近零摄氏度了，还会继续冷下去。"

爸说话的时候看了一下装柴火的箱子。罗兰昨天晚上才把木箱装满，可现在已经被烧掉了大半，爸一吃完饭就穿上外套，戴上帽子，又拿围巾把自己裹得严严实实，出去把柴火一捆捆地搬到小屋里来。

小屋里越来越冷。因为屋子是用薄木板钉成的，根本无法保暖。全家人只好都穿上出门的大衣，披着披肩，围在炉火旁取暖。

"幸好我昨晚把豆子泡好了。"妈说着掀开锅盖，迅速加入一匙苏打。煮开的豆子开始不停地翻滚，涌出来大量的泡沫，不过并没有溢出来。

"我们还有些卤猪肉，可以放在豆子里一起煮。"妈说。

妈不时舀起一些豆子，吹散热气后仔细查看，待豆子皮裂开以后，她就倒掉锅里的水，重新加入干净的水和卤猪肉。

"这么冷的天气，能喝上热豆汤再好不过了。"爸说着看了看正在拉着他的格蕾丝，"噢，蓝眼睛的小姑娘，你想干什么？"

"我想听故事。"格蕾丝回答。

"爸，您就说说坐着雪橇的爷爷与猪的故事吧。"卡琳说。于是，爸把格蕾丝和卡琳抱到他腿上坐着，又讲起了以前在大森林的时候，给当时还是小女孩的玛丽和罗兰讲过的故事。妈和玛丽在烤炉旁边的摇椅里盖着被子做着针织活儿，罗兰裹着披巾，站在炉灶和墙之间。

寒气从小屋的角落里钻进来，离炉灶越来越近。像冰一样寒冷的大风把床铺周围的帘子吹得摇摇晃晃。小屋在暴风雪中微微颤抖着。不过，煮豆子散发出的热气仿佛使空气暖和了许多。

中午，妈把豆子汤倒在一个个大碗里，再切上一些面包，大家就在靠近炉灶的地方吃起来。他们都喝了一杯香浓的热茶，妈甚至也给格蕾丝喝了一杯加牛奶和糖的淡红茶。淡红茶是用牛奶和开水调制的。每当妈给女孩们喝淡红茶时，她们往往觉得自己已经长大了。

大家喝了热热的豆子汤与红茶后，都觉得全身暖洋洋的。妈把锅里剩下的豆子倒进另一个锅里，在豆子中间放上一块卤猪肉，并放了糖来调味。然后，她把盆子放进烤箱，关闭了炉门。这样，他们晚餐就可以吃上烤豆子了。

因为寒冷，所以不得不一直保持炉火的旺盛，柴火也就用得快，爸只好到外面再去搬柴火进来。爸抱着一捆柴火走进来时，上气不接下气的。待爸缓过劲来，他说："这风吹得人简直无法呼吸，如果我早料到会有这种暴风雪，昨天就应该多搬点儿柴火进来，现在带进来的雪都快和抱进来的柴火一样多了。"

还真是这样！每次罗兰替爸打开门时，雪花就趁机卷了进来。雪花从他身上掉下来，就连柴火上也是冰雪。雪粒像冰块一样硬，又细得如同沙粒，门一打开，屋子里一下变得像冰窖，飞进来的冰雪都无法融化。

"我觉得现在的木柴应该够用了，要是还像刚才那样让暴风雪吹进家里来，哪怕把搬进来的柴火全部烧掉，也无法驱赶这种寒冷，"爸说，"罗兰，等你把雪打扫干净了，就把我的小提琴拿出来，我先把手指暖和暖和，等会儿我就要演奏一曲，把怒号的风声压下去。"

过了一会儿，爸就调好了琴弦，给琴弓抹上松脂。然后，他把小提琴放到肩膀上，一边拉着，一边高唱起来：

啊，如果我能重回年轻时代，

我想重头来过，

我会存一些钱，买几块地，

还要娶戴安娜为妻，

只可惜我已经白发苍苍，

再也没有精力去工作，

请带我回去吧，

请带我回去吧，

回到我怀念的维吉尼亚海岸，

就算死在回家的路上，

我也在所不惜……

"怎么回事？"妈打断了爸的歌声，"我宁可听风声，也不要听这种颓废的歌曲。"妈抱着格蕾丝，想让她更温暖一些，格蕾丝却不情愿地使劲挣扎着，妈只好把她放开。"好了，你就下去跑一跑吧！等你觉得冷时，就赶快回到炉火旁。"妈说。

"我来告诉你们怎么做！"爸大声说，"罗兰和卡琳，你们都到格蕾丝那边去，你们赶快排好队，一起踏步。这样，你们的身上就会暖和起来。"

姐妹几个都不愿放下披在身上的披肩，不过她们还是照着爸的话做了。紧接着，在小提琴的伴奏下，爸那浑厚有力的歌声响了起来：

前进！前进！艾多利克、德维奥德！

我勇敢的孩子们！一起前进吧！

前进！前进！艾多利克、德维奥德！

所有苏格兰兵都跨越了边界！

数不清的旗帜在空中飘扬，

许多饰章都声名远扬！

她们一遍又一遍地在屋子里踏步跳舞，罗兰、卡琳和格蕾丝大声唱着歌，鞋子使劲地踩在地板上。

骑上马吧！准备好吧！

大山谷中的小伙子们，

快来战斗吧！

为了保护你们的家园，

为古英格兰昔日的荣耀！

她们唱着军歌，仿佛觉得真的有旗帜在头顶飘扬，而她们正朝着胜利前进。她们甚至连暴风雪的声音都听不见了，全身上下都是热乎乎的。

音乐声停了，爸把小提琴放回盒中。"好了，孩子们，我要出去与暴风雪斗争去了！我得去看看马和牛，它们的窝是否严密，够不够暖和。这首老歌就是我的助阵歌曲，我已经完全不把暴风雪看在眼里了！"

爸说着开始准备外出，这时妈在炉火前烤着爸的外套与围巾。大家都很安静，侧耳倾听寒风的怒吼。

"我会准备好烤豆和热茶，等着你回来，查尔斯。"妈说，"然

后我们就上床去睡觉，我想到了明天，暴风雪也就结束了。"

第二天早晨，爸又唱起了那首向日葵的歌曲，窗外还是一片白色的世界，小屋在大风下摇晃着。

这场暴风雪又持续了两天两夜。

第五章
暴风雪之后

第四天早晨，罗兰的耳朵感觉有点儿怪。她从被子下探出头去，发现被子上积了一层雪花。她听见火炉盖子轻轻的碰撞声，然后是噼啪的火焰燃烧声。她这才意识到为什么耳朵里面感到空空的了，原来是暴风雪停了。

"醒醒，玛丽！"她嚷道，推了推玛丽，"暴风雪停了！"

罗兰从温暖的被窝里跳下床来，跳进寒冷的空气里。炉灶里还没散发出热气，桶里的水几乎全冻实了，不过结满白霜的窗户上却闪烁着阳光。

"外面依然冷得很。"爸进屋的时候说。他弯下身子，在炉灶旁烘化胡须上结的冰。溶化的水滴落在了炉火上，嘶嘶作响，一转眼就蒸发在空中了。

爸擦了擦胡须，说："风把屋顶上钉得牢牢的防水布卷跑了，所以屋顶才会有水漏下来。"

"不管怎么样，暴风雪总算停了。"罗兰说。大家围在一起吃早饭时，欣赏着玻璃窗发出的灿烂的光芒，心里别提有多高兴了。

"往下还会有小阳春的天气。"妈看着孩子们，愉快地说道，

"这场暴风雪来得太早了，冬天不可能这么早就来的。"

"我也从来没见过这么早的冬天，"爸说，"我总认为这里面有古怪。"

"到底是哪里有古怪呢，查尔斯？"妈问。

爸也无法说明白，"干草堆旁有几头迷路的牛。"

"它们把干草堆弄倒了？"

"没有啊。"爸回答说。

"那就不用管它们了，反正它们不会破坏干草堆的。"妈说。

"一定是暴风雪把它们弄得精疲力竭了，"爸说，"它们才会跑到干草堆旁躲避暴风雪。我看，就让它们在那里休息一会，喂它们一些饲料，再把它们赶走。我可不想让它们把堆得好好的干草堆弄得乱七八糟，不过它们可以适当吃一点儿。但是，它们连一根也没吃！"

"这有什么不对劲吗？"妈问。

"倒也没有什么问题，"爸说，"它们只是愣愣地站在那儿。"

"既然这样，你又何必担心呢？"

爸喝了口茶，继续说道："我还是把它们都赶走吧！"爸喝了口茶，就穿上外套，戴上帽子和手套，准备出去。

这时，妈说："罗兰，你跟爸一块儿去吧，他可能需要你帮着把牛赶走。"

于是，罗兰迅速地用妈的大披巾裹住头，再用别针把它固定在衣领处，大大的披巾把她从头到脚紧紧地裹了起来，她的双手也藏在了披巾里，只有一张脸露在外面。

户外的太阳光明晃晃的，刺得罗兰的眼睛生疼。她深深地吸了一口寒冷的空气，眯着眼睛打量四周。雪后的天空蓝蓝的，万里无云，地上却是一片白茫茫的。猛烈的风也奈何不了地上的积雪，只是顺着大草原上的草坪吹拂过去。

　　冷冽的空气刺痛了罗兰的脸颊与鼻子，又像针扎一般刺入她的胸膛，然后变成白色的雾气回到空气中，她一呼吸便感到疼痛。她拿起披肩的一角捂住了嘴，呼出来的白雾立刻就在披肩上结成了霜。

　　罗兰走到马厩拐弯处，看见了走在前面的爸，也看见了那些牛。她停下来，仔细地观察它们。

　　那几头牛群站在阳光下干草垛的阴影里，它们有红色的、黄色的、带斑点的，还有一头瘦瘦的黑牛。它们纹丝不动地站在那儿，每一头牛的头都低垂在地面上，骨瘦如柴的身体僵直不动。

　　"爸！"罗兰害怕地尖叫起来。爸向她扬了扬手，示意她就站在原地别动。他踏着低处盘旋的雪花，向那些诡异的牛走去。

　　那些牛仿佛不是真正的牛，生人走过去，它们也一动不动，整个牛群悄无声息。只有它们在呼吸的时候，两边肋骨间的肚子一张一缩，你才能发现它们还活着。它们的臀骨和肩胛骨都尖锐地凸了起来，四条细腿僵硬地支撑在地上。它们的头好像与地面冻结在一起了。

　　罗兰觉得自己寒毛倒竖，脊背一阵发凉。刺眼的阳光与寒风让她眼泪直流，冰冷的泪水沿着脸颊流下来。

　　爸顶着风继续慢慢走过去，一直走到牛群前面，但没有一头牛逃跑。

　　他站在那儿观察了片刻，然后弯下身迅速地做了什么。罗兰听见一声咆哮，一头红色小公牛弓着背跳了起来，其实它长着一个挺正常的牛头，上面有眼睛、鼻子和一张不断喷出热气的嘴巴，它一边嚎叫，一边跌跌撞撞地跑走了。

　　紧接着另一头牛也嚎叫起来，然后摇摇晃晃地跑开了，下一头牛也是同样的情形。爸把它们一个个解救了出来。牛群的叫声在寒冷的空气中久久回荡。

终于，所有的牛都被解救了，它们一起跑远了，静悄悄地在齐膝的大雪中静静地前进。

爸朝罗兰摆了摆手，让她快回小屋去。他还得留下来查看干草堆。

"你怎么去这么久啊，罗兰？"妈问，"难道是牛群钻进干草堆里去了？"

"不是，妈，"罗兰回答说，"它们的头……我猜它们的头跟地面紧紧地冻在一起了。"

"不可能！"妈惊叫起来。

"一定是罗兰自己的想象。"玛丽说。她正坐在炉灶旁的椅子上织毛线。"牛的头怎么会冻在地上呢，罗兰？有时候你说事情还真是夸张。"

"好吧，你们不信就去问爸好了。"罗兰说道。她无法把自己的感受讲给妈和玛丽听。不知是怎么回事，她总觉得在这狂暴的风雪之夜，在大草原上，寂静的死神俘获了整个牛群。

爸走进屋来，妈问道："牛群是怎么回事？"

"它们的头和冰雪冻在一起了。"爸说，"它们太累了，在那里休息，结果它们呼出来的气冻住了眼睛和鼻子，既没法看清东西也没法呼吸了，最后一动也不能动。"

罗兰正在扫地，她惊恐地问道："爸，你的意思是它们差点儿被自己的呼吸给闷死？"

爸知道罗兰很害怕，说道："它们现在已经没事了，罗兰。我把它们头上结的冰敲碎了，现在它们可以自由呼吸了，我猜它们现在正在寻找可以安身的地方。"

卡琳和玛丽的眼睛睁得大大的，甚至妈看起来也很害怕的样子。她匆匆说道："快把地打扫干净，罗兰。查尔斯，别说了，你赶快把外衣脱下来烤烤火吧。"

"我有一样东西给你看。"爸说，他小心翼翼地把手伸进口袋里，"姑娘们，看看我在干草堆里找到了什么。"

他慢慢张开手。原来，在他戴着手套的手心里有一只小鸟。他轻轻地把小鸟放进玛丽的手里。

"哎，它正站着呢！"玛丽开心地叫着，用手指尖轻轻地抚摸它。

大家从来没见过这样的小鸟。它小小的，样子就和爸那本绿封皮大书《动物世界奇观》里海雀的图画一样。

它的胸脯是白色的，而后背与翅膀却是黑色的，脚上长着蹼。它的两条短腿直立起来，就像穿着黑外套、黑裤子和白衬衣的小人儿，它那对小小的黑翅膀就像两只手臂。

"这是什么鸟，爸？啊，这是什么？"卡琳高兴地大叫起来，她抓住格蕾丝伸出的双手，"不许抓，格蕾丝。"

"我也从来没见过这种鸟，"爸说，"它一定是在暴风雪中迷路了，掉下来摔在干草堆上了。它想爬进草堆里躲避风雪。"

"这是一只海雀，"罗兰说，"只不过它是一只幼鸟。"

"它已经完全长大了，不是幼鸟，"妈说，"看看它的羽毛就知道了。"

"我想也是。"爸点点头。

这只小鸟站在玛丽温暖的手掌心上，一双黑黑的闪亮的眼睛好奇地打量着他们。

"它好像从来没见过人。"爸说。

"你怎么知道呢，爸？"玛丽问。

"因为它不怕我们啊！"爸说。

"我们可不可以把它留下来，爸？可不可以啊，妈？"卡琳央求道。

"好啊，看看它能否适应新环境吧。"爸说。

玛丽用指尖轻轻地抚摸了小鸟的全身。罗兰在一旁给她描述小鸟光滑的前胸多么洁白，背部、尾巴还有小小的翅膀是多么黑亮。接着，他们让格蕾丝也轻轻抚摸一下它。这只小鸟安静地站着，乌黑的眼睛一直看着他们。

玛丽把它放在地面上，它缓缓地向前走了几步。紧接着，它用带蹼的脚推了推地板，还有力地扇动着一对翅膀。

"它飞不起来，"爸说，"它是一只水鸟，必须在水里才能起飞，它可以用两只带蹼的脚来增加速度。"

最后，大家把小鸟放到墙角的一个盒子里。小鸟依然很安静，站在盒子里用乌黑溜圆的眼睛看看着他们。他们觉得小鸟一定是饿了，应该给小鸟吃点儿东西。

"我实在不喜欢这场突如其来的暴风雪。"爸说。

"查尔斯，这只不过是一场大风雪啊，"妈说，"我看好天气要来了，现在的温度就已经升高了。"

玛丽又开始编织，罗兰继续扫地。爸站在窗前。过了一会儿，卡琳带着格蕾丝离开了小海雀，她们也朝外面张望着。

"啊！看哪！长耳朵大野兔！"卡琳叫了起来。原来，马厩四周有好多长耳朵野兔在蹦来蹦去呢。

"这些坏蛋在暴风雪中一直在吃我们的干草，"爸说，"我应该拿枪打上几只，弄一顿兔肉大餐来。"

虽然爸这样说，但是他并没有拿起枪来。

"让它们走吧，爸，饶了它们这一次吧！"罗兰向他恳求道，

"兔子没有办法才会来吃干草，求求你不要打它们。"

"好了，我想就让那些长耳朵野兔吃点儿干草也没什么！"爸说道。

爸拎起水桶到井边提水去了。他打开门的时候，一股冷风也趁机钻了进来。不过，阳光已经逐渐融化了小屋南边的积雪。

第六章
小阳春

第二天早晨，天气晴朗而温暖，水桶里只浮着一层薄薄的碎冰。爸带着捕兽器，去沼泽地把它们放置好，准备捕捉麝鼠。卡琳和格蕾丝在屋外玩耍。

小海雀什么也不肯吃，而且一声不吭。卡琳和罗兰都强烈地感觉到它正以绝望的眼神看着她们。如果它一直不吃东西的话，肯定就活不了，可是它好像不知道该怎么吃这些东西。

吃午饭的时候，爸说银湖水面的冰已经融化了。爸觉得应该把这只奇怪的小鸟带到开阔的水面去，它就能照顾好自己。因此，吃过午饭，罗兰和玛丽便穿上外套，戴上兜帽，打算和爸一块儿去把小海雀放走。

银湖在蔚蓝的天空下微波荡漾，闪烁着银色的波光。湖泊的四周还结着薄冰，灰色的碎裂冰块在银湖上飘浮。爸把小鸟从口袋里取出来。它穿着那身光滑的黑色外套和白衬衫，站在爸的手上。它看见了大地、天空和水，急切地踮起脚尖，并展开了小翅膀。可是它仍然不能飞起来，因为它的翅膀太小了，根本没有力气带动身体飞翔。

"陆地不是它的家，"爸说，"它是一只水鸟。"

爸在湖边白色的薄冰旁蹲下来，伸长手臂，慢慢地把小鸟放进蓝色的湖水中。它只在水里停留了片刻，就飞快地游走了。它在碎冰块之间飞快地游着，很快就变成一个小小的黑色斑点。

"瞧，它用带蹼的脚加快了速度，"爸说，"它在准备飞翔……快看，它飞起来啦！"

罗兰还没来得及看清，小鸟已经冲向了云霄，只能看到一个小黑点消失在耀眼的阳光里。罗兰的眼睛被太阳光晃得睁不开眼，可爸一直看着小鸟飞去的方向，仿佛要目送它飞到南方。

他们永远也不知道，在那个风雪肆虐的夜晚，这只奇怪的小鸟从那遥远的北方飞来，又在一个阳光灿烂的早晨，飞向了南方，它以后的命运会如何呢？在以后的日子里，他们再也没有看见过这样的鸟，所以他们也一直不知道它到底是哪一种鸟类。

爸仍然站在那儿眺望着远方。原本起伏的大草原，被染上了各种颜色：浅棕色、浅黄色、浅棕色、灰色、淡绿色和紫红色，而在更远的地方则是一片灰蓝色。阳光十分温暖，薄薄的雾气飘荡在空气中。罗兰站在湖边的薄冰旁边，脚底下感觉到了一阵凉意。

四周静极了，没有一丝风吹过，灰白的草叶，水面上和天空中也不见一只鸟的踪影。在这样万籁俱寂的宁静之中，只有湖上的声音。

罗兰看了看爸，她知道他一定在仔细倾听。这种寂静和寒冷一样可怕，它似乎比其他任何声响都更加有穿透力；它甚至能阻止水波拍打湖岸的声音，也能阻止罗兰耳中的那种微弱的嗡嗡声。这种寂静是无声的，无形的，完全是一片空白，罗兰的心怦怦地跳着，仿佛要从这片死寂中挣扎出来。

"我讨厌这样，"爸缓慢地摇着头说，"这种天气给人的感觉很不好受，有什么东西……"他没法说清楚他的真切感受，只好说："我很讨厌这种感觉，非常讨厌。"

事实上，这种天气到底哪里不对劲，谁也说不清楚。现在是非常晴朗的小阳春天气，夜里总会下霜，有时候还会结薄冰，不过白天依旧阳光灿烂。每天下午罗兰和玛丽都会到温暖的阳光下散散步，卡琳和格蕾丝则在小屋附近玩耍。

"能晒太阳的时候就多晒晒。"妈说，"冬天很快就要到了，到时候只有待在屋里了。"

于是，在晴朗的天气里，女孩们尽可能地享受着明媚的阳光和新鲜的空气，因为到了冬天，她们就得不到这些了。

在散步的时候，罗兰总是忍不住朝北方看一看，她也不知道为什么，事实上，那儿什么都没有。有时候她会停下脚步，静静聆听，心里感到非常不安。真的很奇怪。

"这个冬天一定很难熬，"爸说，"应该是最艰难的一年。"

"查尔斯，现在的天气很好啊！虽然下了一场暴风雪，不过并不预示冬天很艰难啊！"妈说。

"我捕捉麝鼠已经这么多年了，"爸说，"但我从来没见过它们会把窝搭得这么厚过。"

"什么？麝鼠？"

"野生动物总有本能，"爸说，"每种野外动物都在做准备度过一个严寒的冬天。"

"也许它们只是为了应付刚刚过去的那场风雪吧。"妈说。

但爸还是坚持自己的意见。"无论怎么说，我还是感到奇怪。"爸说，"这种气候好像有什么东西潜藏其中，随时都会袭击我们似的。假如我是一只野生动物，我就会挖一个洞，挖得深深的；假如我是一只野雁，我就会展翅高飞，离开这里。"

妈冲爸笑着说："你就是一只呆头鹅，查尔斯！我可从来没有见过如此舒服的小阳春呢。"

第七章
老印第安人的警告

在某一天下午，一小群人围聚在镇上霍桑的杂货店里。被暴风雪阻断的火车又开通了，人们从放领地到镇上来买一些东西，也顺便打听些消息。

罗雷和阿曼乐也从他们的放领地来到镇上。阿曼乐驾着他自己的一对小马，这是当地最棒的两匹拉车的马。

波斯特先生也来了，他站在这一小群人当中，每次他一笑，都引得大家也一起笑起来。爸扛着枪走进了商店，这一天他连一只长耳朵野兔也没看见，所以他打算购买一些咸猪肉。

谁也没有听见脚步声，可爸却明显感觉背后有人，他转过身想去看看究竟是谁。突然间，波斯特先生不说话了，其他人就顺着他的目光看过去。紧接着大伙儿迅速地从坐着的饼干箱子和犁头上站起来，阿曼乐也从柜台上滑下来，大家都没有说话。

进来的这个人是印第安人。他一动不动地站在那儿看着大家，他先看了看爸，又看了看波斯特先生、罗雷和其他人，最后又看了看阿曼乐。

他是一个上了年纪的印第安人，红棕色的脸上布满了一道道皱纹，身材高大。他笔直地站着，双手交叉放在灰色毛毯下面，把毯子紧紧地裹在身上。他就像所有的印第安勇士一样，头上只留了一绺头发，上面插着一根老鹰的羽毛。他的眼睛明亮而锐利。在他身后，明媚的阳光正照着尘土飞扬的街道，一匹印第安小马正站在街边等着。

"要下暴雪了！"印第安人说。毛毯从他肩膀的一侧滑下来，他伸出一条赤裸的手臂，从北方指向西方，再猛地一挥指向东方，最后再从北向西再向东挥了一圈，停了下来。

"好大的雪，好大的风。"他说。

"要持续多长时间？"爸问。

"有几个月呢。"印第安人回答说。他竖起四根手指，然后又竖起三根手指。七根手指，代表有七个月的暴风雪。

大伙儿都面面相觑，说不出话来。

"我特意来告诉你们白人，"印第安人说着，再次竖起七根手指，"会下好多的雪，刮好大的风。我知道，我见过！"随后他拍拍胸膛，转身走出商店，朝着那匹等着他的小马走去，然后骑着马朝西边走了。

"怎么会有这种事呢？"波斯特先生说。

"七个大雪是什么意思？"阿曼乐问。爸向大家解释道，每七年的最后一年，就会有一个特别寒冷的冬季，而三个七年后的最后一个冬天，一定会遇上一个最寒冷的冬天。因此，暴风雪会持续七个月之久。

"你们认为那个老头清楚自己说了什么吗？"罗雷问道，可没人能回答这个问题。

"也许他说的是真的。"罗雷说，"我觉得这个冬天我们最好搬到镇上度过。比起那个破旧的小木屋，我的饲料铺可好太多了。我们可以一直待到春天再回去。阿曼乐，你觉得呢？"

"我同意。"阿曼乐回答。

"你愿不愿意搬到镇上来住，波斯特？"爸问。

波斯特先生缓缓地摇了摇头。"恐怕我不行，我养的家畜太多了！有牛、马、羊和鸡。即使我付得起租金，镇上也没这么大的地方容得下它们啊。不过我们已经做好了充分准备，我想妮尔和我还是留在放领地上过冬比较好。"

所有人的表情都很严肃。爸付了钱，从商店里走出来，匆匆朝家里赶。他边走边回头看向西北方的天空，那里一片晴朗，阳光灿烂。

爸回到家时，妈正从烤箱里取出面包。卡琳和格蕾丝跑上去迎接爸，然后跟着他一块儿走进屋。玛丽仍然安静地坐着缝衣服，而罗兰早就蹦了起来。

"查尔斯，发生了什么事？"妈问，她把香喷喷的面包从盘子里倒在一块干净的白布上，"你为什么这么早就回家了？"

"没什么，"爸说，"我买了糖、茶和咸肉。今天没有抓到野兔。"他说，"不过我们要尽快搬到镇上去。我得把牲口吃的干草都运过去。快的话，可以赶在天黑之前拖一车过去。"

"天啊，查尔斯！"妈惊叫起来，不过爸已经朝马厩那边走去了。卡琳和格蕾丝看了看妈、罗兰，然后又看着妈。罗兰也看着妈，妈的脸上满是无奈。

"你爸从没这样做过。"妈说。

"爸不是已经说了吗，没什么事，妈。"罗兰说，"我去帮他搬干草了。"

妈也走出小屋来到马厩。爸一边把马具套到马身上，一边和妈说着话。

"今年的冬天会非常寒冷。"爸说，"如果你要让我说实话，那就是我非常害怕这个冬天。我们的小木屋太简陋了，抵挡不住严寒。你看，这还是第一场暴风雪，就已经把焦油纸弄坏了。我们在镇上的商店就不一样了，它不仅有严密的木板，还铺着防湿纸，外墙上也有保护层，里面还装了天花板，严密又暖和。那里的马厩也很保暖。"

"干吗要这么着急呢？"妈问。

"我心里特别着急，"爸说，"我现在就像是一只麝鼠，要赶快把你和孩子们送到厚实的墙里躲起来。这种感觉已经持续很长一段时间了，现在那个印第安人……"

爸说到这儿，突然闭上了嘴。

"什么印第安人？"妈问。每当她说到这几个字的时候，就仿佛闻到了印第安人的气息。妈一直讨厌印第安人，也害怕印第安人。

"也有好的印第安人。"爸总是坚持他的观点，并说："而且他们还懂得一些我们不知道的事情。等吃晚饭的时候再给你讲，卡洛琳。"

爸从干草堆上叉下干草，罗兰站在车上把这些干草踩紧，这时候他们没法聊天。罗兰飞快踩着干草，脚下的干草堆得越来越高，最后高过了马背。

"到了镇上，我一个人来处理这些草就行了。"爸说，"在镇上一个女孩子干男孩干的活儿不太好。"

于是，罗兰就从干草堆上滑下来，爸驾着车到镇上去了。小阳春的午后暖洋洋的，空气中带着甜香的味道，四周寂一片宁静。

连绵不绝的大草原色彩柔和，一直延伸向远方延伸，覆盖着大地的天空也是一片安宁。可是在这一片安详宁静中，似乎潜伏着某种危机。罗兰一下明白了爸的担忧。

"哦，我要是有一双鸟的翅膀就好了！"罗兰突然想起《圣经》上的这句话。如果她有一双翅膀，她一定会展翅飞向远方。

她闷闷不乐地回到家里，帮忙干着家务活儿。他们谁也没有翅膀，只能搬到镇上去过冬。妈和玛丽并不在意这事，不过罗兰却很不喜欢住在人多的地方。

第八章
搬到镇上

　　爸盖的商铺是小镇上最好的建筑物之一。它独自矗立在大街的东边，正面的装饰墙很高，四角方正，楼上有一扇窗户，楼下面的前门两边各有一扇窗户，前门就开在两扇窗户之间。

　　爸没有把满载干草的马车停在前门，而是转过屋角去了第二条街，第二条街其实只是一条路，没有几户人家。他驾着马车到了第二条街，来到商店背后的耳房前。那里有一个用木板建起来的马厩，旁边还有一个干草堆。罗兰看到第二条街上还有一幢新建成的木板房子，而爸的马厩和商店由于长时间的日晒雨淋，已经变成了灰色，就和大街上的其他房屋一样。

　　"好啦，我们到了！"爸说，"过不了多久我们就可以安顿下来了。"

　　爸把系在马车后面的母牛艾伦和小牛解开，罗兰牵着它们走进马厩的牛栏里。这时候，爸就把马车上的东西卸下来，然后把车驾到马厩旁，给马卸下马具。

　　耳房的窗户设置在主厢房后面通到楼上的楼梯之间。这间细长狭窄的房间肯定就是厨房，在它的另一端还开着一扇窗户，透过窗户能看到第二条大街，街对面是一片空地，旁边有一间小小的空店铺。罗兰也顺着草原往东北边看去，还能看到那幢两层楼的车站。

妈站在空荡荡的房里四处打量，考虑如何摆放家具。

在这个宽敞的房间里放着一个炉子、一张桌子和一把椅子。

"咦，这套桌椅是从哪里来的？"罗兰惊讶地问。

"都是你爸的。"妈说，"这次来到卡罗尔法官那里的律师有一张新桌子，所以卡罗尔法官就把他的旧桌椅和炉子给了你爸，充作房租。"

这张桌子有一个抽屉，桌面上有一个奇妙的木板伸缩盖儿，可以拉出来、折下去或者推起来，伸缩盖儿底下有分格的文件架，把桌盖儿推上去就看不见了。

"我们把摇椅放到那扇窗户旁边。"妈说，"这样玛丽在下午就可以晒晒太阳，我也可以在傍晚时给大家念书听，不用担心光线不足。我们先把椅子搬了，玛丽，这样你就可以坐在这儿哄格蕾丝，不让她妨碍我们干活儿了。"

妈和罗兰把摇椅搬到窗户旁。接着，她们把桌子搬进屋来，摆在暖炉和厨房之间。

"在这儿吃饭就会暖和些了。"妈说。

"我们能不能先挂上窗帘？"罗兰问。那两扇窗户就像是一双陌生人的眼睛在瞪着她。街上有几个陌生人走过，街对面耸立的那些建筑物，好像也在盯着她看似的，罗兰感到浑身不自在。其中，有福勒先生的杂货店，隔壁是药房、裁缝店、食品店和五金店。

"好，尽快吧。"妈说。她取出棉布窗帘，和罗兰一块儿把窗帘挂上。在她们挂窗帘的时候，有一辆马车从窗前经过，然后有五六个男孩子跑到第二条街上，紧接着，又有几个女孩走过去。

"学校放学了，"妈说，"你和卡琳明天要去上学啦。"

罗兰默默无言。谁也不知道她有多害怕陌生人，每当她和陌生人见面时心就会跳得非常快，心里憋得难受。她讨厌城镇，也讨厌去学校。

而她必须去上学，这实在是太不公平了！玛丽想当老师，可她却失明了，这个愿望无法实现了。罗兰不想当教师，可是为了让妈高兴，她不得不这么做。也许她这一生注定要走进陌生的人群中，去教那些陌生孩子念书。她会永远感到害怕，不过又不能表现出来。

不！爸说过，她绝不可以害怕，就算害怕得要死，也要勇敢起来。好吧，就算她能克服恐惧，她也没法喜欢上陌生人。她懂得动物的行为，也知道它们在想什么，可就是没法看出人的所思所想。

不管怎样，窗帘可以挡住陌生人朝屋里探望的目光。卡琳把没有扶手的椅子摆放在桌子旁边。地板是用光滑干净的松木板做成的，罗兰和妈在每道门前都铺了一块碎布编织的地毯，这样一来，屋子就显得温馨很多。

爸在厨房里架起了做饭的炉灶，安装好烟囱，然后把碗橱搬进厨房，这个碗橱是用装干货的木箱改做的，紧挨着墙角放着。

"好了！"爸说，"炉灶和餐具、碗橱距离很近，这样干起活儿来就更方便了。"

"是啊，查尔斯，你考虑得挺周到的。"妈说，"现在，我们再把床搬到楼上去就大功告成啦。"

爸把床架板一块一块往楼上递，妈和罗兰就从楼梯顶的活门拉上去。接着，爸把蓬松的羽毛床垫递了上去，还有毛毯、棉被和枕头，然后他和卡琳拿着褥子去干草堆那儿装干草，因为这个地方刚刚开垦，没有麦秆。

阁楼被爸用一道建筑用的厚纸板隔成了两个房间。一间在西边，一间在东边，两个房间各开着一扇窗户。妈和罗兰站在东边的这扇窗户前，可以看见大草原与天空相连接的地平线，也可以看见那幢新房子和马厩，还可以看见爸和卡琳正忙着把干草塞进草垫套里。

"我和你爸住楼梯后面的房间，"妈说，"你们就住前面的那间吧。"

她们把床架支起来，再装上床板。然后，爸把塞满干草的草垫递给她们。罗兰和卡琳负责铺床，妈下楼去准备晚餐。

落日的余晖洒在西边的窗户上，整个房间都被染上了一层金黄色的色彩。她们把草垫子里的干草弄得平平整整，然后把羽毛床垫铺在上面，轻轻地抚平。接下来，她们分别站在床的两边，铺上床单、毛毯，拉平整，把四个角折得方方整整，掖好，然后一人拿一个枕头拍打蓬松放在床头，这样床就铺好了。

三张床都铺好后，罗兰和卡琳便无事可做了。她们站在窗前，沐浴在夕阳温暖的色彩中，向窗外的远处眺望。

爸和妈在楼下的厨房里说着话，有两个陌生人在街上走动，在稍远的地方，有一个人在吹口哨。除此之外，还夹杂着种种声音，这一切汇集成了小镇的声音。

袅袅烟雾从商店正面的装饰墙后面升起来，穿过福勒的杂货店、第二条街，向西飘到草原上，一直飘到枯萎草丛里的一幢孤零零的房子上。这幢房子的一面开着四扇窗户，窗户上闪耀着落日的余晖，看起来似乎另一边还有更多的窗户。房子正面的墙下伸出一个木板搭成的门台，好像人的鼻子一样，还有一根没有冒烟的烟囱。罗兰说："我猜那就是学校。"

"假如可以不用上学就好了。"卡琳压低声音说道。

"可是，我们必须去学校的。"罗兰说。

卡琳说："难道你不……害怕吗？"

"没什么可怕的！"罗兰勇敢地回答，"我们什么都不用怕！"

楼下炉灶里的火燃得很旺，整个房间被烘得暖融融的。妈称赞这个屋子建得棒极了，几乎不用生火，就可以抵御寒冷。她正在做晚饭，玛丽在摆餐具。

"罗兰，你不用帮忙，"玛丽开心地说，"虽然餐具碗橱换了个地方，可妈把碗碟还是放在同一个位置，所以我很容易就找到了。"

妈把油灯放在餐桌上，在灯光的映衬下，外面的房间显得更加宽敞宜人。奶油色的窗帘、涂了黄漆的桌椅、摇椅里的软垫、碎布地毯、红色的桌布，以及松木做成的的地板、墙板与天花板，这一切看起来都非常温馨。地板和墙板都非常坚固，一丝寒风也钻不进来。

"要是在放领地上有这么一幢房子该有多好！"罗兰说。

"能在镇上有这么一间房子，我太高兴了，这样冬天你们也可以去学校了。"妈说，"在放领地遇上天气不好时，你们根本没办法走到镇上上学。"

"让我满意的是，住在这儿可以买到木炭和生活用品。"爸说，"我会囤积很多木炭在耳房，这样就算碰到多大的风雪也不用害怕，我们住在镇上，可以随时弄来更多的木炭，不会缺乏日用品了。"

"现在镇上有多少居民？"妈问。

爸仔细地算了算："十四家商铺和一个火车站，还有谢伍德、格兰和欧文这三家，一共有十八家，还有后街上的三四间小木屋没有算进去。怀德家的两兄弟住在饲料店里，一个名叫福斯特的男人带着两头公牛与谢伍德先生同住。所有人都算上，应该是七十五到八十人。"

"想想看，去年秋天的这个时候，这里连一个人影也看不到呢！"妈微笑着对爸说，"查尔斯，我很高兴你终于看出住在镇上的好处了。"

爸也认为镇上确实方便，不过他又说："从另一方面来看，住在这儿一切都需要花钱，而我们的钱已经越来越少了，比母鸡的牙齿还要少。只有到铁路上去干活儿每天才能挣上一块钱，可是现在又不雇工人。这里能捕捉的猎物只有野兔。虽然俄勒冈很好，不过用不了多久大概就会住满了。"

"是啊，不过现在是孩子们接受教育的时候了。"妈坚定地说。

第九章
认识新同学

那一夜，罗兰睡得不太好。整夜里，她似乎都感觉到这个小镇正团团围住她，而她第二天早晨还必须去学校。当她从梦中醒来时，听见下面的道路传来脚步声、陌生男人的交谈声，她的心情变得更加沉重了。小镇已经从夜色中醒来了，店铺的主人正在打开店门。

房屋的墙壁把陌生人挡在了外面，罗兰和卡琳惴惴不安，因为她们必须走出家门，去面对那些陌生人。而玛丽却因为无法上学而伤心。

"好了，罗兰，卡琳，没什么好担心的。"妈说，"你们一定能跟上班级的课程。"

她们望着妈，有些惊讶。妈在家中教她们念书，教得非常好，她们都相信自己能够跟上班级的功课。可事实上，她们烦心的不是这个。

她们迅速洗好碗盘，整理好床铺。罗兰还把卧室的地板打扫干净了。接着，她们把冬天的羊毛裙穿上，忙乱地梳好头发，扎好辫子。最后，她们把星期日才用的缎带系在头发上，低头扣上鞋子上的扣子。

"动作快点儿啊。"妈说道，"已经八点多了。"

就在这时，卡琳紧张得拉掉了一粒鞋扣。鞋扣掉下来，滚落到地板的裂缝里去了。

"哦，它不见了！"卡琳焦急地说道。她胆子很小，她可不想让陌生人看到自己的鞋子上缺了一颗扣子。

"没有办法，只好先从玛丽的鞋子上取一个扣子吧！"罗兰说。

但是妈在楼下听到了她们的交谈，她找到了扣子，又把它缝上去，同时帮卡琳把鞋扣扣好。

她们终于准备好了。"你们看起来非常漂亮。"妈微笑着说。罗兰和卡琳穿上大衣，戴上兜帽，手里拿着课本。她们跟妈和玛丽道别说："我们上学去了！"然后就走上了大街。

街道两旁的店铺都开门了。福勒先生和布莱德利先生已经把商店外面打扫得干干净净，正拿着扫帚，站在那儿仰望着清晨的天空。卡琳紧紧抓住罗兰的手，罗兰知道她很害怕，所以就安慰了几句。

她们勇敢地穿过大街，走到第二条街上。阳光灿烂，那些长得很高的、纠缠在一起的杂草，在车辙的旁边投射下一道道阴影。

她们走在有很多脚印的小路上，阳光在她们身后照耀，在她们面前投下长长的影子。从家里到草原上的学校之间，似乎还有很长很长的路。

在学校的教室前面，一些陌生的男孩在玩球，两个女孩站在校门前的平台上。

罗兰和卡琳离学校越来越近。由于紧张过度，罗兰感到自己的喉咙发紧，几乎无法呼吸。两个陌生女孩中有一个女孩个子高高的，一头柔顺的黑色长发盘在脑后，她身上穿的紫蓝色的羊毛衣裙要比罗兰的褐色衣裙长一些。

突然，罗兰看见一个男孩跳到空中接住了球。他身材高大，动作灵敏，跑起来就像猫一样优雅。他的头发近乎是白色的，因为经常在外面玩，所以皮肤被晒成了褐色。这个男孩拥有一双蓝眼睛，他一看见罗兰便立即睁大了双眼，随即便笑了起来，把手里的球朝罗兰扔过去。

罗兰看见球在空中划出一道优美的弧线，然后向自己飞来，她连想都没想，就往前跑了两步，然后纵身一跃，接住了球。

"啊！太棒了！"其他男孩都发出了赞叹声和欢呼声，他们都对那个男孩大叫起来，"喂！凯普，女孩可不玩投球啊！"

"我真没想到她居然能接住！"凯普说。

"我不想玩。"罗兰说。她把球朝他们扔了过去。

"她玩得和我们一样好呢！"凯普说，"来玩吧！"他热情邀请罗兰，然后又对其他两个女孩说："来呀，梅莉、米妮，你们也来呀！"

罗兰捡起掉在地上的课本，牵着卡琳的手，朝站在校门前的那些女孩走去。女孩子当然不会和男孩子一起玩。她也搞不明白自己为什么要去接那个球，更担心那两个女孩对自己有什么看法。

"我是梅莉，"那个黑头发的女孩说，"这是米妮。"米妮长得很瘦，头发是淡黄色的，皮肤白皙，脸上有一些雀斑。

"我是罗兰·英格斯，"罗兰说，"这是我的妹妹卡琳。"

梅莉的眼睛里含着笑意，她的蓝眼睛周围长着细密长长的睫毛。罗兰也朝她笑了笑，心里暗暗决定，明天也要把头发盘起来，并且要让妈把她的下一条裙子做得和梅莉的裙子一样长。

"把球扔给你的那个男孩叫凯普·卡兰德。"梅莉说。

正当她们开心地聊天时，老师拿着摇铃走到校门前，于是她们就不聊了，一块儿走进学校。门口外边有很多挂钩，她们都把外套挂在那里。在教室的角落放着一个长长的椅子，椅子上有一个铁桶，旁边还挂着一把扫帚。大家都走进了教室。

粉刷一新的教室宽敞又明亮，罗兰不由得有些胆怯。一旁的卡琳则紧紧地挨着罗兰。课桌都是用木头做的，桌面漆得像玻璃一样光滑可鉴。桌面上还设有放置铅笔的细长凹槽，桌子下面能放石板和书本。桌脚是黑铁做的，座椅有一点点弧度，靠背也是有一点儿弯曲的，和后面的桌子连在一起。

在这个大大的教室里的两边各摆放着十二张课桌。教室中央有一个大暖炉，暖炉前后各有四张课桌。这些座位大部分时候都是空的。女生都坐在其中一边，梅莉与米妮坐在了后面，另一边坐着男生，凯普和另外三个大男孩坐在男生那边靠后的位置上。前排坐着比较小的男孩和女孩，他们已经在这里上了一周的课了，所以都知道了自己的座位，直接入座了。只有罗兰和卡琳还不知道坐在哪儿。

老师问她们："你们是新来的吧？"她看上去非常年轻，面带微笑，留着弯弯的刘海儿，黑色的上衣上面有一排闪闪发亮的黑色纽扣。罗兰把她们的名字告诉了她，老师说："我是佛罗伦斯·卡兰德。我就住在你们家的房子后面，在第二条街上。"

原来，凯普是老师的弟弟，他们就住马厩远处草原上那座新房子里。

"你会阅读教科书的第四卷吗？"老师问。

"我会。"罗兰说。事实上，那本书她都可以一字不差地背出来。

"那你会读第五卷吗？让我们来一起读吧。"老师说完后，就让罗兰坐在中间的那一排，和梅莉隔了一个走道。她又把卡琳安排在前排，跟那些小女孩坐在一起。然后她回到讲桌前，用尺子敲了敲讲桌，宣布："现在，我们开始上课！"

下面的同学们翻开桌子上的教科书。罗兰与卡琳的学校教育开始了！

不知不觉中，罗兰感觉自己越来越喜欢学校的生活了。她虽然没有同桌，但是在下课和午间休息的时候，她会和梅莉、米妮一起玩。放学后，她们会一块儿走上街道回家。

凯普曾经有两次邀请她们跟男孩子们一块儿玩球，可她们还是不愿参与，只愿待在教室里，站在窗前看着他们打球。

那个长着褐色眼睛和黑发头的男孩名叫班恩，他住在火车站。

他的父亲就是前一年冬天罗兰爸送走的那个病人。"草原治疗法"真的很有疗效，他的肺病很快治好了，后来他为了肺病不再复发，便又搬回了西部。现在，他担任这个小镇的车站站长一职。

另外一个男孩子叫阿瑟。他长得很瘦，头发是淡黄色的，和他姐姐米妮一样。在那些男孩中，凯普是最强壮的一个，动作也最敏捷。罗兰、梅莉和米妮站在窗户旁，欣赏着他投球、接球。虽然跟黑头发的班恩相比，他不够帅，可他身上拥有一种与众不同的气质。他很和善，他的笑容就像早晨初升的太阳，美好而灿烂。

梅莉和米妮曾经在东部上过学，不过罗兰可以轻而易举地赶上她们所学的功课。凯普也是从东部搬到这儿来的，可是就连罗兰最不擅长的算术，他都比不过。

每天晚上吃过晚饭，罗兰就把课本和石板摆放在铺着红格子桌布的桌面上，和玛丽一起把第二天的功课预习一遍。她把算术题大声念出来，玛丽用心来算，她则在石板上演算。历史和地理的课文也是由罗兰读给玛丽听的，一直到两人都懂了罗兰才结束。如果爸以后能凑足钱送玛丽到盲人学校去上学，那么玛丽必须做好上学前的准备。

"就算我再也没法上学，"玛丽说，"我也要一直学习各种知识。"

玛丽、罗兰和卡琳都特别喜欢去上学，所以一到星期六和星期日，她们不能上学都觉得很伤心。可是当星期一到来的时候，罗兰却变得有些烦躁，因为，她穿的红色法兰绒内衣保暖性极好，让她感到非常闷热，她的后背、腿和脚都痒得无法忍受。

中午放学回家后，她向妈表示，希望能换下那套内衣裤，换上其他更凉快点儿的。"妈，那套红色法兰绒内衣裤简直要把我热疯了。"罗兰抱怨着。

"我知道天气变暖和了，"妈轻声说道，"不过每到这个时候，都该穿上法兰绒衣服，你要脱掉它，很容易感冒的。"

罗兰很不高兴地回到学校。因为没办法挠痒，罗兰只好在座位上来回地扭动。她把地理课本打开，放在前面，不过她根本没心思学习。身上穿的那件法兰绒内衣让她难以忍受，她什么都不想读，只想一门心思地回家抓痒。西边的太阳从来没有像今天这样落下去得那么慢。

突然，阳光不见了！就像有人吹熄了油灯一般。教室里变得很暗，窗户玻璃也变成了灰色。同时，一股强劲的冷风猛地灌进教室来，把门窗震得咔咔直响，连墙壁都跟着摇晃起来。

坐在椅子上的卡兰德老师猛地从椅子上站起来。毕兹利家的一个小女孩吓得尖叫起来，卡琳的脸变得惨白。

罗兰不禁想起，爸曾经在梅溪边迷过路，那是个圣诞节，当时的天气就像现在这样。她暗自祈祷爸这个时候正平安地待在家里。

卡兰德老师和同学们都瞪大眼睛望着窗外，可是窗户灰蒙蒙的一片，什么也看不清楚。卡兰德老师安慰大家说："只是一阵狂风，同学们，没事，继续念书吧。"

暴风凶猛地刮着墙壁，风在排烟管里发出了可怕的尖叫声和呻吟声。

大家都照着卡兰德老师的吩咐埋下头来看书。可是罗兰的心里却在盘算该如何回家最安全。学校距离大街非常远，并且这一路上也找不到什么东西可以作为路标。

其他的同学都是今年夏天才从东部搬迁过来的，他们从来没见识过草原上的暴风雪，可是罗兰和卡琳知道它有多么厉害。卡琳的头埋在课本里，不住地颤抖着，罗兰知道她非常害怕。

教室里只剩下很少的燃料了。学校董事会已经买了木炭，但现在只送来了一车。罗兰心想，他们留在学校里也许可以躲过这场暴风雪，可是那得把所有值钱的课桌拿来当燃料才行。

罗兰偷偷地看了一眼老师。此刻老师紧咬着嘴唇，不知如何是好的样子。她不能因为一场暴风雪的到来就放学，但是这场暴风雪把她吓得不知所措。

"我应该告诉她该怎么办。"罗兰心想，可是她也想不出办法来。离开学校不安全，待在学校也不安全，哪怕是把全部课桌都烧掉拿来取暖，也无法熬到暴风雪结束。她想到她和卡琳挂在进门处的大衣和兜帽，她觉得不管发生什么事情，最重要的就都是不能让卡琳冻着，因为寒气已经在咄咄逼人了。

这时，门外面咔哒一声，同学们都睁大眼睛看着门口。门被打开的时候，一个男人好像滚雪球般翻滚进来。

他身上裹着大衣，戴着帽子，围着围巾，浑身落满了雪花。直到他取下冻得硬邦邦的围巾，大家才认出他来。"我特意来接你们。"他告诉老师说。

这个男人就是福斯特先生，他是从放领地赶到这里来的，他拥有两头公牛，这个冬天就住在谢伍德家，而老师家的街对面就是谢伍德家。

卡兰德老师向他表示感谢。她用尺子敲了敲桌面，说道："同学们听好了！我们放学了，现在你们就到门边把外套取来，再到火炉旁穿好！"

罗兰起身走到卡琳身边说："你就待在这儿，我把外套取来。"

大门前冷极了，雪从粗糙的墙板中间刮了进来。罗兰还没取下外套和兜帽，就已经冷得不行了。她迅速地从挂衣钩上拿下大衣和头巾，刺骨的寒风吹得她瑟瑟发抖。罗兰抱着这些衣物飞快地跑进了教室。

同学们围挤在暖炉旁边，匆匆穿上大衣，围上围巾，把全身包裹得严严实实。凯普脸上的笑容不见了，福斯特先生说话的时候，凯普的蓝眼睛眯成了一条缝，嘴巴抿得紧紧的。

罗兰用围巾包裹住了卡琳苍白的小脸，紧紧握住她戴着手套的手说："别害怕，我们不会有事的。"

福斯特先生打开教室的门，牵着卡兰德老师的手走在最前面，梅莉和米妮各自牵着一个毕兹利家的小女孩，班恩和阿瑟紧跟在后面，罗兰牵着卡琳紧随其后，大家一起走进漫天飞雪中。凯普走在最后面，随手关上教室的大门。

狂风猛烈地呼啸着，他们简直寸步难行。一眨眼，学校的房子就看不见了，只能看见飞雪白茫茫一片。偶尔才能看到身边的人，但是又会马上像影子一样消失在雪片中。

罗兰感觉自己快窒息了。冰粒一般的雪花不断地往她眼睛里钻，使得她呼吸都变得异常困难。她的脚几乎迈不开步，突然一阵强风吹来，她的裙子被吹到膝盖的上面，随即又牢牢地贴到她的腿上，差点儿把她绊倒在雪地里。她紧紧地抓住卡琳，卡琳也在暴风雪中使劲地挣扎着，狂风将她从罗兰身边吹开，又将她吹了回来，和罗兰撞到了一起。

"根本没办法再这样走下去了。"罗兰心想，可是她们又不得不这样走下去。

现在，罗兰只能紧紧地拉着卡琳的手，艰难地走着。风从四面八方向她袭来，她没法呼吸，也没法看清周围的情况。突然，她一不小心绊倒在地，然后仿佛被什么东西将她拉起来了，紧接着卡琳撞在她身上。她努力告诉自己，其他人一定在前面的某个地方。她俩必须赶快跟上他们，否则她俩必定会在风雪里迷路。一旦在草原上迷路，就只有死路一条。

也许她们已经迷路了。学校到小镇的主要街道，只隔着两条街的距离，如果向南或向北偏移的话，就会完全错过小镇，直接走进广阔无边的大草原中。

暴风雪稍微减弱了一点儿，她看见有一些影子在前面晃动着。在飞舞的白色世界里，那些灰色的人影颜色略深一些。她强打着精神，牵着卡琳拼命向前赶，最后她摸到了卡兰德老师的外套。

他们全都停了下来，紧紧地靠在一起，集体站在冰天雪地里。卡兰德老师和福斯特先生努力地向对方说着什么，但他们的声音很快便被呼啸的风声淹没了，谁也不知道他们说了些什么。此时，罗兰感到天气异常寒冷。

她戴着手套的手已经麻木了，甚至感觉不到卡琳的手了。她

浑身都在发抖，甚至连内心都有了疼痛的感觉，每当打哆嗦的时候，那种疼痛感就会增加。

她深深地担心起卡琳来。天气实在太恶劣了，卡琳根本无法承受。她本来身体就不好，又小又瘦，怎么能再继续走下去呢，必须赶快躲到屋里去。

福斯特先生和卡兰德老师又开始朝着偏左的方向移动。其余的人也跟在后面，开始缓缓往前走。罗兰换了另一只手来抓住卡琳，这只手一直放在大衣口袋里的，所以还有知觉。突然，她感觉一个身影从她们身边闪过，是凯普。他并没有跟着其他人向左走。他双手插在口袋里，低着头，笔直地走进暴风雪中。一阵怒吼的狂风袭来，空中的雪花更加密集了，不一会儿他就消失不见了。

罗兰没有跟着他朝前走。她得照顾卡琳，不敢冒险，而卡兰德老师又叮嘱过他们要跟着她走。她感觉凯普好像走对了方向，那边才是主要街道的方向。但是无论如何，她不能带着卡琳离开其他人。她牢牢地抓住卡琳的手，紧跟着福斯特先生和卡兰德老师往前走。她的肺部呼吸困难，因为吸入的空气不够多，好像就要炸裂开似的。她吃力地睁大眼睛，雪粒就像沙子一样扑打过来，让她的眼睛感到很痛。

卡琳简直站都站不稳了，可仍然勇敢地朝前走着，尽量让自己的脚步踩得更稳些。只有在偶尔碰到风雪稍小的时候，她们才可以隐约地看到前面的人影。

罗兰感觉他们走错了方向，可是说不清为什么。没有太阳、没有天空，暴风雪从四面八方吹过来，没有一样东西可以辨别方向。眼前除了一片令人眩晕的雪花和刺骨的寒冷，什么也没有。这些东西狂暴肆虐，似乎永无休止。

爸曾在梅溪的堤岸下面熬过了三天暴风雪，但是这儿却没有堤岸。爸曾经讲过要是绵羊遇上暴风雪，它们就会躲在土堤下面取暖。罗兰心想，也许人也可以这么做。此时的卡琳已经非常疲惫，几乎走不动了。可是罗兰根本抱不动她，她们只能拼命朝前走，一直走下去……

就在这时，在一片飞旋的雪花中，有什么东西突然撞上了她。确实是一种较硬的物体碰到了她的肩膀，让她摇晃了起来。那是一种又高又硬的东西，是两面墙壁的转角，不仅能触摸到，甚至可以看到。她走到一座建筑物前面来啦！

她尽可能地大声喊道："这儿！快到这儿来！这儿有一座房子！"

呼啸的狂风将她的声音淹没了，他们根本就听不到罗兰的喊声。罗兰只好将冰冷的围巾取了下来，对着四处飞舞的暴风雪拼命地呼喊。渐渐地，罗兰看到风雪中出现了模模糊糊的人影，他们是福斯特先生和卡兰德老师。紧接着，其他一些人影也朝她这边靠拢过来。

没有人说话。他们挤成一团，梅莉和米妮各牵了一个毕兹利家的小女孩，还有阿瑟、班恩以及威尔玛斯家的小男孩，只有凯普不在。

他们沿着这座房子的侧面走到了房子的正面。原来，这是米德先生的旅馆，位于大街的最北边。在这栋建筑物的前面，就没有房子了，除了积雪的铁轨与火车站之外，就是无边无际的大草原了。

大家在被灯光照亮的旅馆窗前站了一会儿。旅馆里十分温暖，可以进去休息一会儿，可是暴风雪越来越大，他们必须趁早赶回家。

除了班恩之外，大家顺着街道走就可以回家了。班恩住在火车站，火车站与旅馆之间没有任何建筑物，他没法回到火车站，只好住进旅馆，等着暴风雪结束。他的父亲有一份稳定的工作，所以他有钱住饭店。

米妮和阿瑟带着维马兹家的小男孩，只要沿着大街走到维马兹的杂货铺就可以回到家了，他们的家就在杂货铺的隔壁。其他的人经过酒吧、罗雷的饲料店和巴克的杂货铺之后，就是毕兹利家开的旅馆，他家的小女孩就回家了。

到这里，几乎所有的人都找到了自己的家。他们走过库斯的五金店，穿过第条二街，来到福勒家的杂货店。杂货店的隔壁是一间药房，药房的隔壁就是梅莉的家，她只要走过去就可以了。

现在，罗兰、卡琳、卡兰德老师和福斯特先生必须通过主要街道走到对面才可以。虽然街道很宽，但是她们不用担心错过爸的房子而误入大草原，因为到大草原去还得经过干草堆和马厩呢。

他们没有错过自己的家。一些煤油灯的灯光从窗口透出，明亮的窗子让福斯特先生没有撞到墙壁上。他带着卡兰德老师绕过罗兰家的屋角，沿着干草堆和马厩向卡兰德老师家走去。

罗兰和卡琳总算平安地到达她们家门前了。但是，她们的手都已经被冻僵了，根本就无法打开屋门，爸在里面打开了门，把她俩连拉带抱地拖到了屋里。

爸穿着大衣，戴着帽子，裹着围巾。他放下已经点燃的防风灯，解开缠绕在自己身上的绳子，扔到了地板上。

"我正要出门去找你们呢！"爸说。

罗兰和卡琳站在安静的屋子里，深深地呼吸着。家里多安静啊！那些猛烈的、飞舞的雪花再也不会刺痛她们的眼睛了。

罗兰感到妈正在努力解开她冰冻的围巾，妈问："卡琳还好吧？"

"卡琳挺好的。"爸说。

妈把罗兰的帽子摘了下来，将大衣的扣子解开，押着大衣袖子帮她脱下衣服。"你的衣服和兜帽里灌满了冰粒。"妈一边说着一边将衣服和兜帽抖了几下，白色的冰粒落在了地板上。

"好了，"妈说，"总算一切平安无事，你们没有冻伤，赶紧去炉火边烤烤火吧。"

罗兰连一步都迈不动了。她艰难地弯下身子，用手指掏出吹进袜子和鞋里的雪块，之后才摇摇晃晃地走到了暖炉边。

"你坐我这儿吧，"玛丽从摇椅上站起来，"这儿很暖和。"

罗兰僵直地坐在椅子上，感到浑身麻木，手脚笨拙，全都不听话了。她揉了揉眼睛，看见手上有一个红色的污点。原来是她的眼皮被雪片磨破了，正在流血。暖炉散发出温暖的火光，她的皮肤已经感觉到一丝丝暖意，可是寒冷依旧停留在她身体里面。炉火散发出来的热量无法驱散她体内的寒冷。

爸把卡琳抱在腿上，靠在暖炉旁坐着。他给卡琳脱下鞋子，仔细查看她的脚冻坏没有，然后用一条披肩把她紧紧地裹起来，但卡琳仍然全身发抖，披肩也跟着颤抖着。"爸，我还是没法暖和起来。"卡琳说。

"你们两个全身都冻透了！等会儿我给你们熬热汤喝。"妈说完，匆匆忙忙走进了厨房。

不一会儿，妈就过来了，手里还端着两碗热气腾腾的姜汤。

"哇，好香啊。"玛丽说。格蕾丝依偎在玛丽膝盖旁，眼巴巴地看着杯子，她好想尝一尝啊，罗兰给她喝了小一口。爸说："还有没有？给大家都喝点儿吧？"

"我去看看，应该还够吧。"妈说着又走进了厨房。

能够平平安安地回到家里，风和寒冷都被隔在了门外，简直太好了！罗兰甚至觉得，人们常说的天堂就是这个了，当人们感到疲惫的时候可以在这里休息。她无法想象天堂会比家更温馨更美好。她慢慢地喝着滚烫而略带甜味的姜茶，身子渐渐暖和起来，浑身也舒服多了。她看着爸妈、格蕾丝、卡琳和玛丽，他们都在安静地喝着姜茶。

"我很高兴你没有出去找我们，爸，"罗兰迷迷糊糊地说，"我那时只希望你平安无事地待在家里。"

"我也一样，"卡琳依偎在爸的怀里说，"我还记得在梅溪边的那个圣诞节，你遇到暴风雪没法回家的情景。"

"我也记得呢，"爸严肃地说，"当凯普走进福勒的杂货店，他说你们都朝大草原方向走去了，我马上就准备好了绳子和防风灯，

一刻都不能等，只想找到你们。"

"好在我们都平安地回到家了。"罗兰强打着精神说。

"是啊，我们本来已经组织好一群人，要去找你们，不过这实在像大海捞针。"

"好了，忘了这件事吧。"妈说。

"嗯，凯普已经尽力了。"爸说，"他真是一个聪明的孩子。"

"现在，罗兰、卡琳，你们该上床去休息了！"妈说，"你们需要好好地睡上一觉。"

第十章
三天暴风雪

第二天早上，罗兰睁开双眼，看见屋顶上每根敲弯了的钉子上都蒙了一层白霜，厚厚的霜把每一扇窗户都蒙住了。结实的墙将暴风雪拒之门外，但也将阳光遮住了，屋子里很昏暗。

卡琳也从梦中醒来。她从被窝里探出头来，看了看罗兰。她和格蕾丝睡在紧挨着排烟管的那张床上。卡琳吹了一口气，想看看冷成什么样。即使离排烟管这么近，她呵出来的气也迅速凝成白雾。这栋房子盖得很牢固，没有雪花飘进来。

罗兰感到浑身僵硬、酸痛，想必卡琳也是如此。不过天亮了，她们得起床了。罗兰从被窝里出来，接触到寒冷的空气时，冻得都喘不过气来。她抓起衣服和鞋子，匆忙地跑到楼梯口。"妈，我可以下去到火炉边穿衣服吗？"她想，幸好自己在绒睡袍里穿了暖和的红色法兰绒内衣裤。

"可以，爸去马厩了。"妈回答。

因为生了火，厨房里也就慢慢温暖起来，灯光也让周围看起来暖和了。罗兰穿上衬裙、外裙和鞋子，然后把卡琳和格蕾丝的衣服抱下来放在炉灶旁烘暖和，再用棉被包裹着格蕾丝，把她抱下楼。等爸提着盛有一半已经冻冰的牛奶桶进来时，她们都已经穿好衣服，洗好脸了。

等爸休息了一会儿，胡子上结的霜融化后，他说："嗯，这个寒冷的冬天开始了。"

"查尔斯！"妈说，"你可从来没有为冬天烦恼过啊！"

"我没有担心，"爸回答说，"不过，这个冬天真的会很难熬。"

"就算如此，"妈说，"反正我们已经住在镇上了，即使暴风雪来了，我们也可以到商店里买到需要的东西。"

学校要等到暴风雪停止了才上课。因此，罗兰、卡琳和玛丽干完了家务活儿，便开始做功课。妈念书的时候，她们就一边听一边缝补衣服。

有一次，妈抬起头来，仔细听了一会儿，说："这次的暴风雪很普通，应该只会持续三天时间。"

"那这周学校又不能上课了。"罗兰说。她很想念梅莉和米妮，不知道她们在做什么。前面的这个房间非常暖和，窗上的霜已经融化了一些。罗兰向玻璃上呵气，然后用手指擦出一个小孔向外看，只见一片白茫茫的雪花飞舞，甚至连街对面福勒的杂货店都看不清楚。罗兰知道，爸这会儿正在那里的炉灶边和别人聊天呢。

沿着这条街继续走，会经过库斯的五金店、毕兹利的旅馆和巴克的杂货铺，然后就是看起来又黑又冷的罗雷的饲料店。在这种恶劣的天气下，谁又愿意出门去买饲料呢？所以罗雷没把暖炉的火生起来。但是在饲料店后面，他和阿曼乐合住的房间却舒适而温馨，阿曼乐正在做煎饼。

罗雷不得不承认，就连妈做的煎饼也赶不上阿曼乐做的好吃。他童年时住在纽约州，后来又搬到明尼苏达州的大农场，那时候他们从来也没想过自己会亲自动手做饭，因为那都是女人才干的活儿。不过自从搬到西部，申请到放领地后，为了不饿肚子，他们就只好自己做饭了。由于阿曼乐做什么事都得心应手，而且罗雷比他年长，所以他就承担起做饭的工作了。

刚到西部来的时候，阿曼乐才十九岁。这可是一个秘密，因为他申请到了一块放领地，而根据法律规定，男子必须年满二十一岁才有资格申请放领地。尽管阿曼乐不觉得自己违反了法律，也没有欺骗政府。不过，要是有人知道他才十九岁的话，他的放领地就保不住了。

阿曼乐觉得，政府需要人来开垦土地，任何一个有胆量、有能力的人到这儿来开垦土地，并且能够坚持到底，政府就应该给他一个农场。可远在首都华盛顿的那些政客们却不了解这些拓荒者，所以，他们就制定一些规则来加以管理，其中一项条款就是申请人必须年满二十一岁。

不过这些规定执行起来似乎都很难达到预期目的。阿曼乐知道，有些人以符合法律规定的条件获得放领地，然后再把土地转手卖给别人，从中获利。在各地都有人在盗取土地，而且都没有违反任何条款。阿曼乐认为，在有关开垦荒地的法律条款中，那条限制开垦人的年龄的法规最愚蠢。

大家都知道，世界上找不出两个完全相同的人。你可以用尺子来测量布，也能用英里来准确地计算距离，可你却没法把人划成一堆，用任何规则来衡量他们。头脑和性格完全取决于自己，而不取决于任何外界的东西。比如一个六十岁的人，他的见识未必就比一个十六岁的人更多一些。阿曼乐相信，他在任何时候做的事情，都丝毫不比一个二十一岁的人逊色。

阿曼乐的父亲也同意儿子的观点。一个父亲有权要求孩子在二十一岁前替他干活儿，不过事实上，阿曼乐的父亲很早就让他的儿子们帮自己干活儿了,而且把他们训练得非常好。阿曼乐在十岁以前就学会了攒钱,从九岁开始就在农场干一些大人干的活儿了。他十七岁的时候,他的父亲认为他已经长大成人了,就让他自由支配空闲的时间。阿曼乐出门干活儿,每天可以挣到五角钱,他把这笔钱攒起来买种子和工具。在明尼苏达州,他跟别人合伙种小麦,收成非常好。

阿曼乐认为自己就是政府需要的那种拓荒者,他的年龄根本没有什么影响。因此,他对土地代办人说:"你把我的年龄写成二十一岁吧。"那个代办人向他挤挤眼睛,就这样写了。现在阿曼乐如愿以偿,拥有了自己的土地,还从明尼苏达州带来了小麦种子,准备明年播种。要是他能在这里坚持种四年庄稼的话,他就会拥有属于自己的农场了。

现在,阿曼乐做煎饼,并不是因为罗雷可以随意使唤他,而是因为他做的煎饼真的太好吃了,而阿曼乐最喜欢吃酥脆可口的、浇上很多糖浆的荞麦煎饼。

"哎,他的年龄根本没有什么影响。你快听听!"罗雷说。他们从来没见过如此怒吼的暴风雪。

"那个印第安老人知道这是怎么回事,"阿曼乐说,"如果我们真被暴风雪困上七个月的话……"煎锅里的三张煎饼的,边缘都已经变得酥脆。他快速地把煎饼翻了个面,煎得金黄的中间部分鼓了起来。

房间里飘着煎饼、煎猪肉、煮咖啡混合在一起的香气,显得分外温暖,那盏装了锡皮反光灯罩的油灯把房间照得亮堂堂的。粗糙的木板墙上挂着马鞍和马具,床放在角落里,桌子摆在炉灶边,这样阿曼乐就可以顺手将煎好的饼放进桌上的盘子中了。

"这场暴风雪不可能持续七个月,这太荒唐了!"罗雷说,"总会有晴天的时候。"

阿曼乐轻松地说："什么事情都有可能发生，而且大多时候会发生。"煎饼做好了，他用刀把煎饼铲起来，放到罗雷的盘子里，然后用猪皮在煎锅上抹了一遍油。

罗雷把糖浆浇在煎饼上。"不过有一件事情千万不要发生，"他说，"要是铁路被封锁了，我们是撑不到明年春天的。"

阿曼乐拿起面糊罐，在煎锅上又倒了三团面糊。他靠在排烟管旁的隔墙板上，看着煎饼慢慢地起气泡，鼓起来。

"我们想到了要多运些干草过来，"他说，"已经给牲口准备了足够的饲料。"

"啊，他们会让火车开来的，"罗雷一边吃一边说，"假如火车没有开来的话，我们就麻烦了。木炭、煤油、面粉和糖这些必需品到哪里去弄啊？真要是这样，到时候镇上的人都挤到这儿来买饲料，那我储存的饲料又能维持多久？"

阿曼乐慢慢地站起身。"嘿！"他激动地说，"无论如何，谁也别想来碰我们的小麦种子！"

"别担心，不会有事的。"罗雷说，"谁听说过一场暴风雪要持续七个月啊？他们一定会让火车开过来的！"

"但愿如此吧。"阿曼乐把煎饼翻了个面。他想起那个印第安老人说过的话，又看看自己的那些小麦种子，它们被装在一袋袋的麻袋里，堆在房间的角落或床下。这些小麦种子不是罗雷的，而是他的。那是他在明尼苏达州辛苦种出来的，他在那里犁地、耕田和播种，然后收割、捆好、打谷，装进了袋子，最后又用马车拉着走了上百英里路，好不容易才运到这儿。

要是这场暴风雪阻止了火车运行，那么直到春耕结束都没法从东部运来种子，他明年的收成、他的放领地，全都要靠这些小麦种子了。所以无论多少钱他都不能把这些种子卖掉，有了种子才能长出庄稼，总不能在地里种银元吧。

"我的小麦种子一粒也不准碰！"阿曼乐说。

"好了，没人打你小麦的主意。"罗雷说，"再来一些煎饼可以吗？"

"加上这三个，你已经吃了二十一个了！"阿曼乐说，他把煎饼扣在罗雷的盘子上。

"我在干杂活儿的时候，你偷吃了多少？"罗雷笑着问他。

"我没数，"阿曼乐笑着说，"天啊，我看着你吃，嘴巴也有点儿馋啊。"

"假如我们不停地吃下去，就可以不洗盘子了。"罗雷说。

第十一章
爸去了沃尔加

第二天中午，暴风雪终于停止了。狂风平静下来，天空晴朗，阳光灿烂。

"唉，总算过去了，"爸高兴地说，"也许会有几天的好天气。"

妈长叹了一口气，说："再见到阳光真好啊！"

"终于平静了。"玛丽说。

大家又开始听到镇上的那些细微的声响了。偶尔传来的店铺门打开的声音，班恩和阿瑟聊着天从家门前经过，凯普吹着口哨走上了第二条街。不过，曾经不停响起的火车汽笛声消失了。

吃晚饭的时候，爸说翠西附近的铁路积满了雪，火车不能从那里通过了。"不过，他们会在一两天之内就清除那个地方的积雪，"他说，"这种天气没人在乎火车是否能过来。"

第二天一大早，爸到对面的福勒杂货店去了，不到一会儿，他又匆匆忙忙地赶了回来。他告诉妈，有些人要去火车站，搭乘手摇车去与停在沃尔加的火车会合，顺路把铁轨上的积雪清除干净。在爸离家的期间，福斯特答应帮他干一些杂务活儿。

"我在这儿待得太久了，想出门去看看。"爸说。

"好吧，查尔斯，你就跟着大伙儿一块儿去吧。"妈说，"不过你们在一天时间里能把铁轨上的积雪清除完吗？"

"应该可以吧。"爸说，"从这里到沃尔加的路段起伏小，而且只有五十英里，积雪严重的一段是在沃尔加东边，很难铲除，不过那里已经有铁路工作人员在铲雪了。假如我们帮他们把其余部分清理干净，后天就可以乘火车回来了。"

爸说着，多穿了一双羊毛袜，他把宽大的围巾绕在脖子上，交叉在胸前，套上外套，把扣子扣得严严实实，然后他戴上护耳罩、手套，最后把铲子扛在肩上，朝火车站走去。

眼看上学的时间就要到了，罗兰和卡琳并没有急着赶往学校，而是站在第二条街上，目送着爸远去的身影。

火车站旁的铁轨上停着一辆手摇车，爸走过去的时候，好几个男人正准备坐上去。

"英格斯，都准备好了，快上来吧！"大伙儿喊道。北风吹着耀眼的雪花，把他们说的每句话都送到罗兰和卡琳的耳朵里。

爸迅速地爬上手摇车。"走吧！"他抓住手摇车的手把，大声

地说道。福勒先生、米德先生、辛兹先生在手摇车的一侧站成一排，另一侧站着爸、维马兹和罗雷，他们戴着手套，双手都紧紧地抓着那两根横在手摇车上的长长的木把手柄。

"出发！伙计们！"福勒先生大声喊道。他和米德先生、辛兹先生弯下腰，使劲压把手。接着，当他们的头和把手抬起来的时候，爸和另外两个人又同时弯下腰去，将把手用力往下压。就这样一高一低，两排的人轮流压下把手又站直身体，好像在相互鞠躬一般，手摇车的轮子开始转动，速度越来越快，沿着铁轨飞速地朝沃尔加驶去。大家在压把手的时候，爸高声唱了起来，其他的人也跟着一起唱：

我们坐着老战车勇往直前，

我们坐着老战车勇往直前，

我们坐着老战车勇往直前，

我们不会落后给任何人！

一上一下，一上一下，每个人的背部都随着歌声有节奏地起伏着，车轮平滑地朝前运行着，越转越快，越转越快。

如果碰到罪人，

我们就停车接他上来，

我们不会落后给任何人！

我们坐着老战车勇往直前，

我们坐着老战车……

轰隆！车子撞到了一个雪堆。

"全体下车！"福勒先生喊道，"这次我们可转不过去啦！"

大伙儿拿起铲子，飞快地从手摇车上跳下来。他们手中的铲子一上一下地忙碌着，积雪被一块块铲起，在风中扬起一片片雪花。

"我们该去上学了。"罗兰对卡琳说。

"求求你，让我们再等一会儿，再看看……"卡琳央求说。她眯着眼睛看着在手摇车的前面，爸在耀眼的雪地上工作。

不一会儿，所有的人又重新爬上手摇车，放下了铲子，抓着把手用力向下压。

如果路上有魔鬼，
我们直接从他身上碾过去，
我们不会落后给任何人！
……

手摇车和上面那两排互相鞠躬的人的身影变得越来越小，从闪闪发亮的雪地里传来的歌声也越来越弱。

我们坐着老战车勇往直前，
我们坐着老战车勇往直前，
我们坐着老战车勇往直前，
我们不会落后给任何人！
……

他们一边唱，一边压，时而下车去清除积雪，爸就这样到沃尔加去了。

在那一天和第二天，家里显得空荡荡的。福斯特先生每天早晨和晚上都会到家里来帮忙干些杂活儿。他离开马厩后，妈就让罗兰过去看一下，以免落下什么。

"爸明天肯定就会回来的。"妈在星期四的晚上对她们说。

第二天中午，冰雪覆盖的草原上传来嘹亮的火车汽笛声，罗兰和卡琳透过厨房的窗户看见一股黑烟出现在半空中，一列轰隆作响的火车从黑烟下驶出来。上面挤满了欢声笑语的男人。

"帮我把午餐摆好，罗兰！"妈说，"你爸一定饿极了。"

罗兰正在把烤好的面包拿出来的时候，大门被打开了，传来了爸的声音："卡洛琳，快看看我带谁回来了！"

格蕾丝本想朝爸扑过去，这会儿却突然收住脚，往后退了几步，把手指含在了嘴里，眼睛瞪得大大的。

妈轻轻地把她拉到一边，手里端着一盘土豆泥，朝门口走去。"啊，是爱德华先生！"妈说。

"上次他帮我们得到了那块放领地，回来我就告诉过你，我们一定会再见到他的。"爸说。

"我一直想谢谢你，谢谢你帮查尔斯申请到了放领地。"妈把土豆泥摆放在餐桌上，对爱德华先生说。

罗兰不管在哪儿都能一眼认出爱德华先生来。他的身材还是高挑细瘦，没有改变。他那像皮革一样的棕色的脸上，皱纹变得更深了，脸上多了一道原来没有的伤疤，不过他的眼神依然和原来一样笑眯眯的，而且很敏锐。"哎呀，爱德华先生！"她开心地大叫起来。

"你从圣诞老人那儿给我们带来了礼物。"玛丽也想了起来。

"你游过了小溪，"罗兰说，"然后顺着弗迪格里斯河离开了……"

爱德华先生擦掉脚上沾的泥巴，深深地弯下腰来行礼说："英格斯夫人和孩子们，我真高兴能再见到你们。"

他深深地凝视着玛丽那双失明的眼睛，然后温柔地说："英格斯，这两个漂亮的姑娘，是你们住在弗迪底格里斯河上的时候，坐在我膝盖上玩的那两个小女孩吗？"

玛丽和罗兰回答说是的，当时卡琳还是一个婴儿呢。

"现在格蕾丝是我们的小宝宝啦。"妈说，不过格蕾丝并没有靠近爱德华先生，她紧紧地抓住妈的裙子，怯怯地打量着他。

"你来得正是时候，爱德华先生，"妈说，"午餐已经准备好了！"爸急忙邀请他坐下，"爱德华先生，快坐下，不要客气！虽然没有大鱼大肉，但是足够吃饱！"

爱德华先生称赞着这座又结实又舒适的房子，也赞美着妈做的美味食物。不过他说他得搭这列火车到西部去，无论爸怎么劝说，他也不肯留下来多住几天。

"我打算春天到西部最远的地方去，"他说，"到这个地方来定居的人太多了，我不适应。而且这里的政客也越来越多，真是让人讨厌。夫人，如果说还有比蝗虫更可恶的东西，那一定是政客了。他们总是不停地抽税，就连口袋里的布都抽得脱丝了！然后用这些钱去维护他们建设的城镇。我永远也看不出建设城镇的好处，没有这种东西，我们依然生活得很愉快呀！"

"去年有个家伙跑来向我征税。他告诉我，我的每件东西都必须报税。所以，我只好把我的马'汤姆'和'杰瑞'各报了五十元，我的公牛'巴克'和'布莱'也报了五十元，我的奶牛报了三十五元。

"'你只有这些东西吗？'他说。好吧，我只好告诉他，我还有五个孩子，他要求每个孩子报一元钱。

"'就这么多啦？'他问，'你太太呢？'"

"'真是莫名其妙！'我告诉他，'我老婆她不属于我，而且我也不打算为她付税！'结果我就没付。"

"啊，爱德华先生，你成家了？这真是一件大新闻！"妈说，"查尔斯可从来没有提过这件事。"

"我也不知道啊！"爸说，"不管怎么说，爱德华，你不必为你太太和孩子付税啊。"

"他想要一份金额高的缴税单，"爱德华先生说，"政客们最喜欢打听别人的私事，所以我就跟他们开个玩笑。这没关系，我才不想缴税呢！我把放领地的转让权卖掉了，到了春天，收税人来收税的时候，我早就离开了，反正我既没有孩子，又没有太太。"

爸和妈还没来得及说什么，外面突然传来火车长长的汽笛声。"它在催我们上车呢！"爱德华先生说着从桌边站了起来。

"你就在这儿多待几天吧，爱德华！"爸说，"你总是能给我们带来好运。"

不过，爱德华先生执意要走，他和每个人握手道别，最后与坐在一边的玛丽道别。

"再见了，朋友们！"他说完就匆匆走出门，飞快地朝火车站跑去。

格蕾丝一直睁大眼睛看着他，听他说话，一声也不吭。现在爱德华先生走了，她才深深地吸了一口气，问："玛丽，他就是那个见过圣诞老人的人吗？"

"是啊，"玛丽说，"就是他。他冒着雨徒步走了四十英里才到独立镇，然后在那儿遇到圣诞老人，并给我们带回了圣诞礼物。那时候我们都还是小女孩呢！"

"他有一颗黄金一般的心。"妈说。

"他给我和玛丽各带来一只锡杯子和一根棒棒糖。"罗兰回忆道。她站了起来，帮妈和卡琳收拾餐桌。爸朝炉灶旁的大椅子走去。

玛丽正要起身从餐桌边离开，她拿掉了盖在膝盖上的毛毯。这时，突然有一样东西掉到了地板上。妈弯腰把它拾起来，拿着它愣在那儿说不出话来。罗兰惊叫起来："玛丽，一张二十元的钞票！你掉了一张二十元的钞票！"

"我不可能有二十元钱啊！"玛丽惊呼。

"啊，一定是爱德华先生。"爸说。

"我们不能要他的钱！"妈说。可是就在这时，传来了火车最后一声嘹亮而悠长的汽笛声。

"你打算拿这笔钱怎么办呢？"爸说，"爱德华先生已经走了，我们有可能几年都遇不上他，就算能见到，也是很多年之后，也许永远也见不着他了。到了春天，他就要去俄勒冈了。"

"可是，查尔斯，他为什么要这么做呢？我们的心里很亏欠他啊！"妈苦恼地轻声说道。

"这钱是爱德华先生送给玛丽的，"爸说，"让玛丽留着吧，以后上学的时候可以用。"

妈想了一想，说："好吧。"随后就把钱交给了玛丽。

玛丽小心翼翼地拿着钱，用手指轻轻地抚摸着，脸上充满了光彩："啊，我真的太感谢爱德华先生了。"

"希望他不管去哪儿，都不会缺钱用。"妈说。

"放心吧，爱德华先生会照顾好自己的。"爸安慰着妈说。

每当想到那所盲人学校，玛丽就会流露出一副心驰神往的表情。"妈，"她高兴地说道，"去年你给人家卖饭挣的钱加上这二十元，一共有三十五元两角五分了！"

第十二章
孤零零的感觉

到了星期六，天气晴朗，阳光灿烂，风从南面轻轻吹来。

爸从放领地拉回很多干草，因为随着天气越来越寒冷，牛和马必须吃很多草才能保持身体的温暖。

玛丽沐浴着温暖的阳光，坐在窗户旁的摇椅上轻轻地摇着，罗兰正在用细细的白线编织要装饰在衬裙上的花边。她坐在紧靠着窗户的地方，不时望望窗外，等着梅莉和米妮，她们三个约好下午过来，一面编织一面聊天。

玛丽兴致勃勃地谈论着盲人学院，也许有一天她有机会去那儿念书呢。

"我一定要努力，不落在你后面，罗兰。"玛丽说，"如果你能与我一起上大学，那该有多好！"

"我想我得去教书，"罗兰说，"所以我根本不可能去大学念书，而且我觉得你比我更渴望去大学读书呢。"

"是啊，我的确很想！"玛丽轻声地喊了起来，"我最渴望的就是去大学念书了。有太多的东西需要学习了，我多想一辈子就这样不停地学习下去。虽然我的眼睛看不见，但是一想到存够了钱就可以去读书了，罗兰，这是一件多么奇妙的事情！"

"的确是这样！"罗兰很认真地点了点头表示同意，她也非常想让玛丽去大学读书。"哎呀！我光顾着和你说话，我把针数数错了！"她大叫起来，只好把漏针的一排线拆掉，重新开始弄。

"玛丽，"罗兰说，"俗话说'自助者，天助之'，你肯定能去学院读书的，玛丽，如果……"她一时忘了自己要说什么，只见眼前的针线活儿变得模糊不清。她急得跳了起来，线团从膝盖上滚落到地上。

"怎么了？"玛丽吃惊地问。

"阳光不见了！"罗兰说。阳光刹那间消失了，天空变成了灰白色，风声一下大了起来。妈匆忙从厨房里走出来。

"天啊！暴风雪又来了！"妈刚说完这句话，房子已经笼罩在了暴风雪中。街对面黑漆漆的店面，一下子就消失在暴风雪之中。

"啊，但愿查尔斯回来了！"妈说。

罗兰从窗边转过身来，把玛丽的摇椅拖到暖炉边，又铲了一些木炭放到炉子里。突然，一阵狂风冲进厨房，门"砰"的一声打开又关上了，爸披着一身雪花，笑呵呵地走进屋来。

"我总算比暴风雪提前一步进了马厩，真是危险啊，就差那么一点点路啊。"爸哈哈大笑起来，"山姆和大卫都火急火燎地往前跑！我们正好及时赶回来了，这一次，暴风雪可算是白下了！"

妈接过爸的大衣，走到耳房那里抖掉上面的冰雪。

爸坐在暖炉旁，伸出手来烤着火，同时侧耳倾听着外面的风声，不一会儿就从椅子上站了起来。

"情况有可能变得更糟，我得赶紧到马厩里把杂活儿做了，"爸说，"这可能得花一些时间，不过不用担心，卡洛琳，那根晒东西的绳子不会被吹断，我可以抓着它回来。"

爸走了，似乎过了很久很久，等妈准备好了晚饭，他才回来。他一进屋，就先摸摸自己的耳朵，直跺脚。

"这是怎么回事？天气一下子冷得这么快！"爸说，"雪扑打在身上就像机关枪似的。你们听听，这风吼叫得多么厉害！"

"不知道火车又被堵了没有？"妈有些担忧地说。

"以前没有铁路的时候，我们也照样过得好好的。"爸用爽朗的声音大声说着，同时对妈使了个眼色，"那时候我们周围没有那么多人，也没有那么多商店，我们不是也过得很好吗？好了，现在让我们来享用热气腾腾的晚饭吧！"

吃过晚饭，爸让罗兰拿来小提琴。他调好了琴弦，给琴弓涂抹了松脂，立刻就拉出了一首罗兰从没听过的曲子。

小提琴演奏出低沉哀伤的主调，里面杂着一种狂野的高音，这声音越来越高，直到渐渐变得微弱，然后消失不见了。随后，又是一阵让人感慨、如悲如泣的声音，虽然这种声音似乎是和刚才一样的音符，但是却给人一种截然不同的感觉。

罗兰感到后背一阵奇怪的战栗，头皮一阵发麻，而小提琴仍然在演奏变了调的旋律。最后她实在忍受不了了，大声问道："爸，这到底是什么曲子啊？"

"听吧，"爸停止了琴声，把琴弓放在琴弦上，"这是一首暴风雪的曲子，我只是随着它的音符在拉小提琴。"

她们静静地倾听着狂风演奏着这支曲调。

"我们已经听够了，你不用再拉了，查尔斯。"妈对爸说。

"那我就拉别的曲子吧，"爸说，"你们想听什么？"

"最好拉一首温馨而感人的曲子。"罗兰说。于是，爸演奏起欢快而明朗的曲子来，她们的身子很快就感到阵阵暖意。爸一边拉一边唱《小安妮·鲁妮是我的小甜心》和《老灰马啊，它跟从前大不一样啦》等歌曲，就连妈也用脚尖打起拍子来。爸又演奏了《苏格兰快步舞曲》和《爱尔兰吉格舞曲》，罗兰和卡琳踏着地板跳起欢快的舞蹈，直到累得上气不接下气。

爸把小提琴放回盒子里，这就表示已经到了睡觉的时间。

罗兰不愿离开温暖舒适的房间，更不愿走进冰冷的卧室。她知道楼上就像一个大冰窖，现在屋顶上的每根钉子尖上都覆盖上了一层白霜，好像长了毛似的。虽然楼下的窗户上也结了厚厚一层霜，但不知为什么，那些钉子上结的白霜更让人觉得寒冷。

罗兰用她的法兰绒睡衣包了两个热好的熨斗，带头爬上楼去。玛丽和卡琳跟在她身后。楼上像冰窖一般，她们全身颤抖地解开纽扣、脱掉鞋子和衣服，冷空气几乎将她们的鼻子冻僵了。

"如果我们躲在被窝里祈祷，我想上帝会听到的。"玛丽冻得哆哆嗦嗦地说，然后迅速地钻进被窝。熨斗还没来得及把被窝烘热。在铁钉结了霜的阁楼里，罗兰可以感觉到玛丽和卡琳在发抖，甚至连床架都跟着晃了起来。在这个寂静而狭小的屋子四周，充斥着寒风狂野而深沉的呼啸声。

"你在做什么啊，罗兰？"玛丽喊道，"赶快上床来吧，好早点儿焐热被窝啊！"

罗兰的牙齿不停地打战，根本没法回答。她穿着睡衣傻傻地站在窗前，想看看外面的情况。她用双手挡住眼睛上方，好遮住从楼梯上面射过来的灯光，但还是什么都看不到。在这个风雪咆哮的黑夜里，就连一点点的亮光也看不到。

最后，她爬进被窝里，躺在玛丽身旁，整个人紧紧地蜷缩成一团，把冰冷的脚贴在温暖的熨斗上。

"我看看外面有没有灯光，"罗兰说，"我想总有些房子会透出灯光来吧。"

"那你看到了吗？"玛丽问。

"没有啊。"罗兰回答。她知道楼下就亮着炉火的光芒，可是从楼上的窗户那儿却完全看不到。

卡琳就睡在烟囱的旁边，楼下的炉火还烧得很旺，所以烟囱也很热，而且她也有一个熨斗。当妈上楼来把格蕾丝放在她身旁时，她已经进入了梦乡。

"你们暖和些了吗，孩子们？"妈小声问道。她在床边俯下身来，轻轻地帮她们裹紧了被子。

"妈，我们觉得越来越暖和了。"罗兰说。

"晚安，做个好梦。"

不过，即使身子暖和起来，罗兰还是睡不着。她躺在床上，睁着一双大眼睛，听着怒吼的狂风，想着小镇上的的每一户人家，在这样风雪交加的寒夜，就连隔壁屋子里的灯光都看不到，好像每栋房子都变成了独立的一家。整个小镇孤零零地矗立在空旷的草原上，在这样狂怒咆哮的风雪之下，已经看不见天，看不见地，只剩下凛冽的寒风和一片白茫茫。

夜里，太阳落山很久之后，连最后一丝光亮也不见了踪影，暴风雪把天地化为一团飞旋的白色。

灯光能够穿透最暗的黑夜，喊叫声可以传到遥远的地方，可是在这种暴风雪的天气里，无论是灯光还是叫喊声都被吞噬了。暴风雪本身就带有咆哮声和怪异的光线。

被子已经变得暖和起来，罗兰不再感到寒冷，可是她还是忍不住地打了一阵寒战。

第十三章
我们会挺过暴风雪

第二天早上，罗兰醒来时听到炉灶盖儿的碰撞声和爸的歌声。

啊，我像向日葵那么幸福，（啪！啪！）

在微风吹拂下点着头，摇曳着，啊！（啪！啪！）

向日葵之歌！

"卡洛琳！"爸朝着楼上喊着，"等你下楼来的时候，这火应该已经很旺了，我现在要到马厩去干活儿了。"

罗兰听到妈在来回走动的声音。"孩子们，再睡一会儿，"她说，"等屋子里暖和了，你们再起来。"

被子外面出奇的寒冷，可是暴风雪的呼啸声让罗兰再也睡不着了。屋顶上那些结了霜的铁钉就像是一颗颗牙齿，她在这些牙齿下面躺了几分钟，再也受不了了，就起床跟妈一起下楼。

炉灶里的炉火熊熊燃烧着，前房的暖炉也烧得很旺，不过房间的温度依然很低，而且光线十分暗淡，根本不像白天。

罗兰敲碎了水桶里的冰块，取了一些水倒进脸盆里，再把脸盆放在炉灶上。她和妈浑身哆嗦着，站在一旁等着把水烧热用来洗脸。罗兰渐渐喜欢上小镇的生活，不过她觉得冬天在哪儿住都差不多。

爸走进屋的时候，胡须上结满了冰霜，鼻子和耳朵冻得像樱桃一样红。

"天啊！这暴风雪可真厉害！"他大声说道，"好在马厩盖得牢固，我得在雪地里挖一个洞才能进去，雪已经下差不多有门那么高了。还有，卡洛琳，幸亏我把晾衣绳系在原来那个地方，才能抓住它来回走，去拿铲子铲雪。哎呀，热煎饼和煎猪肉实在是太棒了，我已经饿得像头狼啦。"

脸盆里的水热了，爸正好可以用来洗脸。当他在门边的板凳上洗漱的时候，罗兰把椅子放在餐桌边，妈给每个杯子都倒满了热气腾腾的茶水。

热煎饼真香啊，再配上酥脆可口的咸肉片、香浓的肉汁、苹果酱和糖浆，就是没有黄油了，因为艾伦的奶几乎没有了。妈把头一天夜里挤的牛奶已经分给格蕾丝和卡琳喝了。

"我们应该庆幸还有这样少的奶，"她说，"在艾伦产奶之前，都不会再有牛奶了。"

大家围坐在桌边还觉得冷，于是吃过早饭，就都坐在了暖炉周围。他们静静地听着风声和雪片扑打在墙上和窗户上的声音。妈身子微微地颤抖着，站了起来，说："罗兰，我们去干家务活儿吧，这样才能踏实地待在暖炉边。"

真是奇怪，房子这么严实，炉火却不能让厨房暖和起来。妈把豆子放在炉子上煮，罗兰在洗碗盘，她们实在无法想象要是住在放领地的小屋子里会有多么冷。妈往炉灶里又添了一些木炭，然后拿起扫帚扫地去了。罗兰站在楼梯下面直哆嗦。她现在得到楼上去整理床铺，但是楼上一股股的寒气涌下来，一下子就穿透了她的羊毛衣裙、衬裙和红色法兰绒内衣裤，她就像没穿衣服一样冷。

"今天刚好可以让床铺晾一下，"妈说，""我们的床都在楼上，从下面也看不见。罗兰，你可以等屋子暖和了再去整理。"

妈把地清扫干净了，厨房的活儿也干完了。她们回到暖炉边坐下来，伸出冰冷的脚放在暖炉旁的搁脚板上烤着。

爸走进厨房，回来时已经穿上了大衣，围上了围巾，手里拿着一顶帽子。"我去街对面的福勒店里打听打听消息。"他说。

"你非去不可吗，查尔斯？"妈问他。

"必须得去，也许有人迷路了。"他边说边戴上帽子，朝门口走去，走到门边又转过身来说，"别担心，我知道过街要走多少步，如果走完了确定的步数还没有到商店的话，我就停下来，四处找一找，直到找到它为止。"

罗兰又跑到窗户前，把玻璃上的白霜刮开一点儿，但是她依然什么也看不到，只是白茫茫的一片。爸已经不在门口了，不知道他什么时候走的。她又慢慢地走回暖炉旁，和凯莉无聊地坐在一起。玛丽安静地坐着，给格蕾丝摇着摇篮。

"好了，孩子们！"妈说，"屋外虽然有暴风雪，但是我们没必要这么消沉。"

"住在镇上有什么好？"罗兰有些心烦意乱，"我们还不是这么孤单，就好像镇子根本不存在似的。"

"罗兰，我希望你别总想着依赖别人，一个人不能这样想。"妈吃了一惊，马上回答她。

"如果我们不住在镇里，爸也就用不着冒着暴风雪出去打听有没有人迷路了。"

"你这样说不对，人不能自私，如果是我们中的一个人走丢了，肯定也希望别人来帮助我们吧！"妈说，"现在是我们上主日学校课程的时候了。我们每个人都将学过的诗再读一遍，看我们学过的课程能记住多少。"

先是格蕾丝，接着是卡琳，然后是罗兰、玛丽和妈，她们轮流把学过的诗念了一遍。

"现在，玛丽，"妈说，"你来背诵一段诗给我们听，然后是罗兰，最后是卡琳，然后看看谁能坚持到最后。"

"啊，玛丽一定会赢的！"卡琳说，她还没开始就背已经泄气了。

"别担心，我会帮你的。"罗兰说。

"你们两个对我一个人，这样不公平。"玛丽发出了抗议。

"这样做绝对算得上公平，"罗兰说，"对不对，妈？玛丽念《圣经》的时间比卡琳长多了。"

"是的，"妈说，"我认为很公平，不过罗兰只能给卡琳提示，不能帮她背诵。"

于是她们就开始比赛了，直到卡琳在罗兰的提示下也背不出诗为止。然后就轮到玛丽和罗兰比赛，她俩轮流背诵，最后罗兰终于认输了。

她虽然不愿意认输，但是她又不得不说："你赢了，玛丽，我再也背不出来了。"

"玛丽赢啦！玛丽赢啦！"格蕾丝拍着手欢快地嚷着，妈冲着玛丽微笑着夸奖道："我的女儿真聪明！"

她们都看着玛丽，她那双美丽的蓝眼睛一片空茫，什么也看不见。妈称赞她的时候，她开心地笑了笑，紧接着她的脸色就黯淡下来，就像暴风雨即将来临时天色突然暗下来那样。有一瞬间，她的样子就像眼睛失明之前与罗兰吵架时似的，那时她从不会妥协，因为她认为自己是姐姐，罗兰应该听她的。接着，她的脸红了，低声说："我并没有赢你，罗兰，我们打平了，我也背不出下一段诗了。"

罗兰感到十分惭愧。玩游戏的时候，她总是想千方百计打败玛丽，可不管她怎么努力，还是没法比玛丽做得更好，玛丽真是太优秀了。突然，罗兰第一次特别想当一名教师，挣上足够的钱，送玛丽去盲人学校念书。她心里想，不管我工作多么辛苦，都要帮助玛丽上学。

就在这时，时钟敲响了十一下。

"我的天，午餐还没做呢！"妈惊叫起来，赶紧走进厨房。她拨旺炉火，在豆汤里加上调料。"最好在暖炉里再加一些木炭，罗兰，"她喊道，"屋子里好像没有刚才那样暖和了。"

中午，爸才回到家。他安静地走近暖炉，脱下大衣和帽子。"帮我挂起来好吗，罗兰，我已经冷得不行了。"爸说。

"对不起，查尔斯，"妈在厨房里说，"我怎么也没办法把屋子弄暖和。"

"这不能怪你，"爸说，"气温已经降到零下四十摄氏度了，大风一直往屋里吹冷气，这场暴风雪真是太凶猛了，庆幸的是，今天镇上没有人失踪，大家都平安无事。"

吃过午饭，爸拿出小提琴，演奏起了赞美诗。整个下午，他们都沉浸在歌声中。他们唱道：

遥远的地方有一片乐土，
只要有信念就能找到它……

还有这首：

在苦难的地方，

基督是一块磐石。

在苦难的地方啊，

在苦难的地方，

基督是暴风雨中的避风港。

然后，他们又唱了妈最喜欢的歌曲。转眼间就到了爸去马厩给牛马喂食的时间了。爸最后拉了一曲激昂向上的、鼓舞士气的曲子，大家一起站起来唱着：

就让狂风咆哮吧！

它很快就会停息。

我们会挺过暴风雪，

我们最终会到达远方的乐土！

屋外，暴风雪正在咆哮，硬得像子弹、细得像沙粒一样的冰雪翻转着，猛烈地打在房子上。

第十四章
阳光明媚的一天

这场暴风雪只持续了两天。星期二早晨，罗兰突然从睡梦中惊醒，睁大眼睛看着屋顶，仔细倾听着周围的动静，想弄明白究竟是什么东西把她吵醒的，可什么也没听到。她突然明白了，惊醒她的正是这一片寂静。现在，既没有狂风的呼啸，也没有了冰雪扑打着墙、窗子和屋顶的嗖嗖声。

明媚的阳光透过楼梯口那扇结了霜的窗子照射进来。在楼下，妈脸上的笑容就像阳光一般灿烂。

"暴风雪停了，"她说，"这次只持续了两天。"

"你永远也没法预测暴风雪的变化。"爸说。

"没准这个冬天没有你所说的那样冷，"妈高兴地说，"现在太阳出来了，火车很快也会通行了，罗兰，我觉得学校今天一定会开课。我建议趁在做早饭的时候，你们做好上学的准备。"

罗兰走到楼上，叫卡琳快快起床，穿好校服。然后，她回到温暖的厨房里，用肥皂洗了脸和脖子，扎好辫子。爸已经做完杂活儿回来了。

"今天的太阳格外的灿烂啊！"爸说，"看起来就好像用雪花洗过脸一样！"

煎得黄澄澄的土豆饼已经摆在餐桌上，樱桃酱在晶莹的玻璃碗里泛着金黄的光泽，被烤得黄褐色的面包片放在浅盘里，妈从烤箱里取出一小碟黄油。

"黄油必须得热一热，"妈说，"不然根本没法把它切开。希望波斯特先生不久之后还能给我们带一些来。故事里的补鞋匠就是用这种冻僵的黄油打他老婆的。"

格蕾丝和卡琳都没听明白，而其他人都笑了起来。妈在说笑话，这说明她的心情很好。

"他扔的是补鞋用的锥子。"玛丽说。

"啊，不！他最后才扔的锥子，因为那时他手上只有那个东西了。"罗兰笑着说。

"孩子们，安静一点儿！"妈温柔地提醒着她们，因为她们在饭桌上笑得太过分了。

"昨天我们没吃黄油，我还以为没有了呢。"罗兰说。

"昨天有咸猪肉搭配煎饼吃很好啊，"妈说，"我把黄油剩下来，是用来涂面包片的。"现在，每片面包刚好能抹上一丁点儿黄油。

在阳光灿烂的早晨吃东西，简直是一种享受。还没等他们吃完饭，八点半的钟声就响了起来。妈催促说："快走吧，孩子们，让我来收拾餐桌。"

在灿烂阳光的照射下，屋外是一片银白炫目的世界。大街上堆积了一道被风吹成的长条形雪墙，雪墙比罗兰还要高。她和卡琳必须爬到雪堆上面，然后再慢慢滑下来。雪被压得非常结实，她们都没有踩出脚印，鞋后跟也踩不出能让她们避免滑倒的小洞。

学校前面的院子里，堆着一堆几乎跟教室同样高的积雪，在阳光下闪闪发光。凯普、班恩、阿瑟，还有维马兹家的小男孩从雪堆上滑下来，就像以前罗兰在银湖里溜冰一样。梅莉和米妮站在门前，看这些男孩玩耍。

"嗨，罗兰！"梅莉热情地跟罗兰打着招呼，她的手带了一副厚厚的手套，她把手塞进罗兰的臂弯下面，还调皮地捏捏她，她们又见面了，心里别提有多高兴了。从上星期五以来，或者说从上个星期六她们本来约好一起玩以来，好像已经过去了很长时间。但是她们还没来得及聊天，老师已来到门前了，所有的男生和女生都应该进教室上课了。

课间休息的时候，梅莉、罗兰和米妮都站在窗前，羡慕地看着男孩子们从雪堆上滑下来。罗兰也很想出去玩。

"假如我们还没长大就好了，"她说，"我觉得当淑女真没劲。"

"唉，我们没法不长大啊。"梅莉叹了一口气。

"如果你被困在暴风雪中，你会怎么办，梅莉？"米妮问道。

"我觉得我会一直朝前走着，这样不至于被冻死吧。"梅莉回答说。

"可是你会走累的呀，最后你会被累死的。"米妮说。

"那你打算怎么办呢？"梅莉问米妮。

"我会在雪堆里挖一个洞，把我自己埋起来。我想躲在雪堆里是不会被冻死的，你说呢，罗兰？"

"我不知道。"罗兰说。

"哎，要是你被暴风雪困住了，你会怎么办，罗兰？"米妮很想知道罗兰的答案。

"我不被困住的。"罗兰回答说。她不喜欢想这种事，她宁可跟她们聊些别的事情。这时，老师摇铃了，又要上课了。男孩子一个接一个地走进教室，脸冻得通红，个个却眉开眼笑。

那一天，每个人都非常高兴，就像灿烂的阳光一样。中午下课了，罗兰、梅莉、卡琳等女孩们在热闹的人群中来回奔跑着，爬过大雪堆赶回家吃午饭，有人向北走，有人向南走，罗兰和卡琳从雪堆的东边滑下来，向家里走去。

爸已经坐在桌边自己的座位上了，玛丽把格蕾丝抱到垫了一堆书的椅子上，妈端着一盘热气腾腾的烤土豆放在爸面前。"要是有些黄油来配土豆就好了。"她说。

"我们蘸盐吃也很好啊。"爸说。就在这时，厨房的门上响起了重重的敲门声。卡琳跑过去开门，穿着野牛皮大衣的波斯特先生走了进来，他看上去就像一头毛茸茸的大熊。

"波斯特先生，快请进！"爸赶快招呼他，"快来，把你的脚放在餐桌下面暖和一下。你来得正是时候。"

"波斯特太太呢？"玛丽问道。

"是啊，她没有和你一起来吗？"妈急切地问。

波斯特先生脱下大衣，取下围巾。"哦，她没来。妮尔说趁今天天气好，得赶紧把衣服洗了。我告诉她，还会有几天好天气的，但她说还要花上一天时间去镇上。她让我给你们带了些黄油来，这是我们最近做的。我那头母牛的奶水也快没了。这段时间的天气太糟糕了，我没办法去好好照顾它。"

波斯特先生在餐桌旁坐下，他们最终还是吃上香喷喷的烤土豆配黄油啦。

"看到你们能挺过这暴风雪我真高兴。"爸说。

"是的，我们的确很幸运。暴风雪来的时候，我正在井边给马饮水。我赶紧把它们赶回牲口棚，将它们安顿好，然后就在我回屋子的途中，暴风雪就来了。"波斯特说。

烤土豆和热饼干涂上黄油，吃起来味道真是好极啦。吃完午饭，大家又蘸着妈做的番茄酱吃了一些饼干。

"镇里已经没有咸肉卖了，"爸说，"我们的日常供应品都是从东部运过来的，要是火车不通，我们就没有货源了。"

"你听到有关火车的消息了吗？"波斯特先生问。

"他们又增派工人到翠西去清理道路去了，"爸说，"乌沃兹说，他们还派出了犁雪机。估计在这个星期结束之前火车应该就能开来了。"

"妮尔还让我带些茶叶、糖和面粉回去呢。"波斯特先生说，"你们这边店里的价格涨了吗？"

"我想没有，"爸告诉他说，"现在除了肉缺之外，其他东西都不缺。"

吃过午饭，波斯特先生说他要赶在天黑之前回家。他答应不久就带妮尔到镇上来看望他们。接着，他跟着爸一起去了街上霍桑的杂货店了。罗兰和卡琳也手拉手跟了出去，她们兴奋地爬到雪堆上，然后从另一边滑下去，回到学校去上课。

在那个令人愉快的下午，她们尽情地呼吸着清新的冷空气，和灿烂的阳光一样开心。她们学会了当天的功课，高兴地背诵着课文。学校里的每一张脸都洋溢着欢快的笑容，凯普的笑容尤其引人注目。

罗兰看到小镇又重新恢复了生机，而且从星期一到星期五都能上课，这一切都是如此美好。

可是到了晚上，罗兰梦见爸用小提琴又拉起了狂野的暴风雪曲调，当她尖叫着要他停下来的时候，曲调突然变成一片茫茫白雪环绕着她，她被冻成了一块硬邦邦的冰。

噩梦吓得她全身僵硬而冰冷，她睁大眼睛凝视着黑暗，听着外面的动静。其实她梦中听见的小提琴的声音不是爸拉出来的，而是暴风雪的咆哮声和冰雪拍打在墙上和屋顶的声音。过了很久，她终于能动弹了。屋子仍然像冰窖一样冷，那个噩梦有一半其实是真的。她紧紧地贴在玛丽身旁，拉过被子蒙住头。

"你怎么了？"玛丽在睡梦中问道。

"暴风雪！"罗兰说。

第十五章
火车没来

　　早晨其实不用起床，因为起来也没事做。窗户上结着厚厚的一层霜，屋顶上的钉子也变白了。一场凶猛的暴风雪正在咆哮，学校又要停课了。

　　罗兰懒洋洋地躺在床上，睡眼惺忪。在这种天气里，她宁可睡觉也不愿起来。不过妈已经在喊了："孩子们！该起床了！"

　　天太冷了，罗兰迅速穿上衣服和鞋子，跑下楼去。

　　"罗兰，你怎么了？"妈从炉灶边抬起头来，问她。

　　"妈！如果一直是像这样的天气，我总要隔上一段时间才能上一天学，我能学到什么啊？这样我怎么能去教书，帮助玛丽去上学啊？"罗兰带着哭腔说道。

　　"罗兰，"妈安慰道，"你千万不要灰心，几次暴风雪并不会造成太大的影响。我看我们最好先将该做的事做完，这样你就能学习了。你的算术课本中有那么多计算题，已经足够你做几天了。你要记住，无论什么时候什么情况，只要你愿意学习，就没有什么能够阻挡你的。"

　　罗兰问："妈，为什么把桌子放到厨房来啊？"这张桌子一摆，

103

厨房就显得十分狭窄了。

"你爸今天没在暖炉里生火。"妈说。

她们听到爸走进耳房的脚步声,罗兰赶快给爸打开了门。他的神情严肃,桶里的那一丁点儿牛奶已经结冰了。

"我觉得,现在的情况已经糟糕透顶了。"爸说着把冻僵的手伸向炉灶边,"我今天没有点起火炉,卡洛琳,因为剩下的木炭不多了,这场暴风雪有可能封锁道路,火车这几天肯定没法通行。"

"看到你没生火,我就明白了,"妈说,"所以我把餐桌移到这儿来,我们把门关好,做饭的炉火就可以让我们取暖了。"

"吃了早饭我就去福勒那儿看看。"爸说。他草草地吃了早饭,穿上大衣,围上围巾。妈赶紧上楼去,把她的红色摩洛哥皮钱包拿了下来,钱包两边缀着闪闪发亮的珠母贝,上面还有钢扣环。钱包里放着玛丽上大学的钱。

爸慢慢地接过钱包。接着,他清了清嗓子说:"玛丽,镇上的生活用品也许不够了,如果木材场和商店把价格抬得太高的话……"

没等他说完,玛丽就说:"你可以用我上学的钱,都在妈那里。"

"如果我不得不用的话,玛丽,请相信我一定会如数归还的。"爸向她保证说。

爸走后,罗兰去冰冷的前屋搬起玛丽的摇椅,放到厨房里敞开的炉灶前。玛丽刚坐下来,格蕾丝就爬到了她的大腿上。

"我也要暖和暖和。"格蕾丝说。

"你已经是一个大女孩了,太沉了!"妈不让她坐在玛丽身上,但是玛丽却说:"格蕾丝!我喜欢抱着你,就算你已经三岁了也没关系的。"

厨房里显得十分拥挤,罗兰洗碗的时候总会撞到一些东西的尖角。妈在楼上整理床铺,罗兰把炉灶擦得锃亮,然后她拧开灯罩的底座，给油灯加一些煤油。煤油瓶里的最后一滴油也流进了油灯里。

"啊，我们忘了告诉爸要买煤油！"罗兰不假思索便脱口而出。

"没有煤油了？"卡琳吃了一惊，她正把碗盘放进碗橱里，这时她转过身来，眼睛里闪着恐惧的神色。

"谢天谢地，还有呢，我已经把油灯添满了。"罗兰回答说，"现在我来扫地，你去擦桌子吧。"

等妈下楼的时候，所有的活儿都已经做完了。"我待在楼上觉得这风好像要把我们的屋顶掀掉一样啊。"她浑身打着哆嗦，站在火炉边上说，"罗兰，卡琳，你们把家务活儿都做完了，真能干！"

此时，爸还没回家，不过她们相信爸一定不会迷路的。

罗兰拿出课本和石板放在桌子上，然后坐在玛丽的旁边。屋内很昏暗，可妈没有点亮油灯。罗兰一边把每道算术题念给玛丽听，一边在石板上认真演算，玛丽则用心算。她们把每道题都验算了一遍，确认她们每道题的答案都是对的，然后她们再一课一课地学。正像妈所说的一样，后面还有很多东西要学呢。

终于，她们听见爸的脚步声了。爸的大衣和帽子上都是雪，结了一层冰，手上提着一个落满了雪花的包裹。爸先在炉灶旁烤火取暖，等稍微缓和了一点儿，他说道："我没有用你上学的钱，玛丽。"

"镇上已经没有木炭卖了，"爸说，"天气这么冷，大家烧的木炭太多了，艾利手上也没有多少木炭了。现在，他把木材卖给大家用来当燃料，不过要五十元才能买一千根木料，我们是买不起的。"

"花这些钱真是不划算，"妈说，"火车很快就要通行了。"

"镇上的商店几乎没有东西可卖了，没有煤油，肉也没有了，"

爸说，"我只买到了两磅^①茶叶，要是再晚一点儿，恐怕也没有了。至少我们能在火车开通之前还可以喝上茶。"

"在天冷的时候，可以说没有什么比喝上一杯热气腾腾的茶更好的了。"妈说，"而且油灯也是满满的，如果我们早点儿上床去，就可以节省不少煤油，足够我们用很长时间的。我真高兴你把茶买回来了，不然我们会非常想它的。"爸坐在那里，身体慢慢地暖和起来，他没再说什么，而是开始看报纸，这份报纸是随上次的邮件一起寄来的。

"对了，还有一件事，"他抬起头说，"要等到木炭运来学校才会上课。"

"我们可以自学！"罗兰坚定地说。她和玛丽低声讨论着算术题，卡琳学拼写，妈干着缝补活儿，爸一声不响地看着报纸。暴风雪越来越猛烈，这是他们经历的最凶猛的一场暴风雪。

房间里变得越来越冷。因为前房没有生火，不能提高厨房的温度。寒冷的空气慢慢地飘进前面，再从门下溜进厨房。在通往耳房的门下，也溜进来一些冷气。妈从前房拿来碎布编织的地毯，折好后紧紧地塞在门底下的缝隙里。

爸中午去了马厩一趟。虽说中午不用给牲口喂食，可他得去看看它们是否安全。下午，他又去了一趟。"在这么寒冷的天气里，牲口需要吃大量的饲料才能使身子暖和。"他对妈说，"暴风雪更大了，我今早花了很大的力气才将那些干草搬到马厩内，如果不是干草垛就在门口的话，根本就一点儿办法也没有。还告诉你们一个好消息，外边的雪堆都被暴风吹走了，地面变得光秃秃的。"

爸说着又走出去了，这时暴风雪更大了。爸关上门后，妈又赶快把编织的地毯塞进门下，但是仍有一些冷空气涌进来。

①　1 磅 =0.4536 千克。

玛丽正在编织一条新地毯。她把穿破的羊毛衣服剪成布条，妈把不同颜色的布条放在不同的盒子里。玛丽把这些盒子排列好，妈告诉她每个盒子里装着的布条的颜色，玛丽记下后，就可以自己编了。她把布条编成一根长长的绳子，编好的绳子便盘绕着堆在旁边。她每编完一根，就再选出另一根同样颜色的布条缝上去。那堆绳子越编越长，她会不时地去摸一摸。

"我猜差不多够了，罗兰。"她说，"我明天就可以编好了，到时候你就可以把地毯缝起来了。"

"我得先把这条花边织好，"罗兰说，"暴风雪把屋子弄得太暗了，我根本就没法数清针脚。"

"黑暗对我一点儿也没影响，"玛丽笑着说，"我可以用手指去摸呢。"

罗兰为自己的言语感到羞愧，她诚恳地说："你什么时候编好，我就什么时候缝。"

爸出去已经很长时间了，妈把晚餐放回炉灶上去热着。妈没有点灯，她们都坐在那儿，心想着那些晾衣绳一定能指引着爸穿过暴风雪回到家里来的。

"孩子们，来吧！"妈振作精神说，"玛丽，你来领头唱一首歌。我们唱着歌，等着你爸回来。"就这样，她们在黑暗中欢快地唱起了歌，直到爸回到家。

吃晚饭的时候，妈点亮了灯。不过吃完饭，妈要罗兰把碗盘都留到第二天再洗，这样就能节省煤油和木炭了。

第二天早晨，只有爸和妈起床。"你们就躺在床上吧，这样要暖和一点儿，随便躺多久都没关系。"妈说。

罗兰直到九点钟才起来。寒气飘到屋子里的每个角落，这没完没了的暴风雪和昏天暗地的天气似乎将时间都凝结了。

罗兰、玛丽和卡琳先做完自己的功课，然后罗兰将碎布编成的绳子缝成一张圆形的地毯。做成后，她把地毯放在玛丽腿上，这样玛丽就可以用手去感受。这块小地毯让今天变得与昨天有所不同，不过接下来罗兰觉得其实也没什么不同。她们依旧在黑暗中唱着歌等待着爸的归来，然后吃着土豆、面包、苹果酱，喝着茶，吃完晚饭之后还是不洗碗，马上去床上睡觉。

第二天依旧如此。暴风雪还是没有停歇，依旧咆哮着，哀号着，雪花依旧漫天飞舞着，一切都没有改变，黑暗和严寒似乎没有尽头。

可是，在第二天黄昏时，暴风雪停了。罗兰站在窗前，往玻璃窗户上轻轻呵了一口气，用手擦掉玻璃上结的霜花，向外察看。只见一股直吹的疾风吹得雪花贴着地面飞跑，落日的余晖给风中的雪花映上了玫瑰色的光晕，天空变得清澈，不过看上去却异常寒冷。接着，落日消失了，那些雪片又变成了白色，风更猛烈了。

爸干完杂活儿走进屋来。"我明天必须再拉一些干草回来，"他说，"不过，现在我要去福勒店里打听一下消息。看看这个倒霉的地方除了我们之外，还有没有人住在这儿。整整三天了，我们看不见一点儿灯光，也看不见一丝炊烟或别的人家存在的迹象。如果一个人住在城镇里却得不到一点儿好处，那住在城镇里还有什么意义呢？"

"晚饭快好了，查尔斯！"妈说。

"我很快就会回来的。"爸说。

几分钟后爸就回来了，他问："晚饭好了吗？"妈正在盛菜，罗兰在摆椅子。

"镇里一切都平安无事，"爸说，"火车站那边传来消息，说明天一大早工人就要在翠西那里铲雪了。"

"让火车通行大约需要多长时间？"妈问。

"这还说不准，"爸回答说，"在上次的那个晴天里，他们只用一天时间就把轨道清理干净了，准备第二天通车，结果就刮了暴风雪。而且，当时大家只是将铁道上的雪铲到了两边的沟里，如今这沟里的雪都堆积得有两边的路基那么高了，估计有三十英尺 ①深呢，还冻得硬邦邦的，他们现在必须挖掉这些冰雪。"

"如果天气好的话，应该不会花很长时间的。"妈说，"我们一定会遇上好天气的。到现在，我们已经熬过了比去年整个冬天还要多的暴风雪。"

---

① 1 英尺 =0.3048 米。

第十六章
天气真好

第二天清晨的时候，天气非常好，不过学校还是无法上课，因为火车还没把木炭运来。

户外，阳光灿烂，可窗户上仍然结着霜花，厨房里毫无生气。卡琳一边擦着碗盘，一边从窗户的冰霜上被刮开的小孔向外看。罗兰心情烦躁地搅动着洗碗盆里的水，水已经渐渐变凉了，发出了哗哗的响声。

"我想换个环境待一会儿，"卡琳心烦意乱地说，"在这个厨房里已经待得让人发腻了。"

"我们昨天还庆幸可以待在这个温暖的厨房里呢，"玛丽温和地说，"现在，我们应该更感谢暴风雪终于结束了。"

"反正你也不用去上学，"罗兰怒气冲冲地说，可话刚一说出口，就觉得有些惭愧，不过当妈以责备的口气叫了一声"罗兰"的时候，她就更生气了。

妈把揉好的面团放到烤箱前发酵，说："等你们都干完手头的活儿，可以去外面转转，呼吸一下新鲜的空气，玛丽也去吧！"

妈的话一下让她们振奋起来。罗兰和卡琳加快了干活儿的速度，没过一会儿，她们就急匆匆穿上大衣，围上披巾，戴好兜帽和手套。她们手拉着手跑出小屋，冲进银色的世界里。强烈的阳光晃得她们睁不开眼睛，寒冷的空气包围着她们，外面冷得喘不过气。

"伸开双臂，深呼吸！"罗兰喊道。她知道，只要你不怕冷，就不会感到有多冷。她们把手臂往后伸了伸，深深地呼吸一口冷空气，冷空气经过鼻孔涌进胸腔，她们感到非常清爽，也就不那么冷了。就连玛丽都开怀大笑起来。

"我可以闻到雪的味道！"她说，"好新鲜，好干净！"

"天空一片湛蓝，整个世界都是银光闪闪的，"罗兰告诉玛丽，"只不过从雪地里冒出来的房子破坏了这美丽的一切，真希望我们是一个在没有房子的地方。"

"这种想法太可怕了，"玛丽说，"没有房屋，我们全都会冻死的。"

"我会给你们建一座冰屋，"罗兰兴奋地说，"我们就像爱斯基摩人一样生活。"

"真恶心，靠吃生鱼生活，我可受不了。"玛丽说着，禁不住发抖。

她们踏着雪堆走去，雪花在脚底下发出吱吱嘎嘎的声音，积雪十分坚硬，罗兰没办法捏雪球。正当她给卡琳讲威斯康星大森林里的雪有多么柔软的时候，玛丽突然开口说："谁驾着马车过来了？我听着像是咱们家的马。"

原来是爸站在一辆模样古怪的雪橇上面，驾着马向马厩走过去。这是一块用新木板做的低低的平台，像四轮马车那么长，却是马车的两倍宽。它的前面没有横杆，但在相隔很远的两侧滑板上拴着一根长长的环链，横杆就系在链子上。

"这辆雪橇是从哪里弄来的，爸？"罗兰问。

"我自己做的，"爸说。他从马厩里拿出草叉。"它看上去有点儿奇怪，"他说，"不过只要马拉得动，它可以装下一整堆干草呢。现在时间紧迫，我得赶紧运些干草来喂牲口。"

罗兰本想问问爸有关火车的消息，但是又害怕问起这个问题会让卡琳想起家里缺少的木炭、煤油和肉。她不想让卡琳担忧，她们在这晴朗的天气里玩得多么开心啊！只要接下来的几天天气晴朗，火车应该很快就可以通行了，到时候也就不用再担心什么了。

罗兰正想着这些，爸又转身回到了那个奇怪的雪橇上。

"罗兰，去告诉你妈，他们已经从东部运来一架犁雪机和满满一车工人，到翠西挖雪去了。"爸说。

"好的，爸。"罗兰开心地回答道。

接着爸就驾着雪橇，转过街角朝放领地那边去了。

卡琳长长地呼了一口气，说："我们赶快回去告诉妈吧！"从她说话的方式来看，她也一直想问爸关于火车的事情呢。

她们走进了灰暗而温暖的厨房，妈就发出一声惊呼："啊，你们的小脸都红扑扑的！"她们脱下外套，解下围巾，寒冷的新鲜空气就好像被抖下来了。火炉的暖气烤得她们的手指有一种舒服的刺痛感。妈听到工作车和犁雪机的消息时，非常高兴。

"这种好天气一定会持续一段时间的，已经下了这么多场暴风雪了。"妈说。

窗户上的霜花正在渐渐融化，但是一遇冷空气，又在冰冷的窗玻璃上结了薄薄一层冰。罗兰伸手把薄冰刮了下来，然后用干布将玻璃擦干净。她坐在明亮的窗户旁织着那条花边，不时朝窗外看一看照耀雪地的阳光。天空万里无云，爸虽然没有按时回家，不过她们也不用担心。

十点了，爸没回来，十一点了，爸还是没回来。从这儿到放领地，来回只有两英里的路，把雪橇装上干草顶多半个小时就够了。

"爸为什么还没有回来呢？"玛丽忍不住说。

"可能他在那里还有事情要做吧。"妈说。她走到窗边，朝西北方向望去，天空晴朗，没有一丝云彩。

"不用担心，"妈说，"暴风雪有可能把小屋弄坏了，他正在修呢。"

到了中午，为星期六特别烘烤的面包已经烤好，一共三条脆皮的、金黄色的、热乎乎的烤面包。锅里的土豆也煮了很久了，水都快熬干了，茶也泡好了，但爸还是没有回家。

她们知道，一定是发生了什么事情，但是没人说出来，也没人能想明白到底是什么事。那两匹温驯的老马是绝对不会逃跑的，罗兰突然想到那些强占放领地的恶徒。爸身上没带枪，要是那些家伙正躲在无人看守的小屋子里，那该怎么办呀？可是那些人又没有理由冒着暴风雪跑到放领地去，那里没有熊、黑豹和狼群，也没有必须涉水渡过的河流。

一个人驾着两匹性情温和的马，拉着雪橇，在这么晴朗的天气里，从镇上经过雪地去放领地，装上干草后再从雪地上返回，能碰到什么事情呢？

正当大家正胡思乱想时，爸驾着雪橇，经过了第二条街街口，从窗前驶过。罗兰看着他走了过去，雪橇上的干草覆盖着白雪，干草堆挡住了雪橇，根本看不到雪橇的边缘，就好像干草直接在雪地上掠过一样。他在马厩旁停了下来，卸下马，把它们牵进马厩，然后走进了耳房。罗兰和妈已经把午餐摆好了。

"哎呀，午餐看起来真好吃！"爸说，"我不用放盐就可以吃下一头熊！"

罗兰把水壶里的热水倒进洗脸盆里，让爸洗脸。妈温柔地问道："你怎么去了这么久啊，查尔斯？"

"因为那些草！"爸说着把脸埋进抹了肥皂水的双手里，用力揉搓着。罗兰和妈对望了一眼。爸在说什么啊？爸拿起毛巾边擦脸边说："路都压在了雪下面的杂草里，我根本没有办法找到回来的路。"

"没有篱笆，没有树木，没有任何指引路的标志。"爸擦了擦手说，"我刚一走出镇，满眼都是雪，连湖面上都覆盖着雪。雪橇从雪堆上面一滑就过去了，让你以为自己驾着雪橇哪里都能滑过去。

"突然，我发现马陷进深雪堆里去了，雪一直堆到它们的下巴底下。接着，雪橇也陷了进去。那里的雪看起来跟别的地方一样硬，不过下面全是草。就是草的茎秆上面盖着一层雪，下面全是空的，马一踏上去就塌了。

"我花了整整一上午跟那匹愚蠢的马较量，山姆……"

"查尔斯！"妈突然阻止了他。

"卡洛琳，"爸说，"谁碰到这种事都会生气。大卫非常听话，可是山姆简直是疯了。两匹马陷进有马背那么深的雪地里，每次试图挣扎着走出来，可每努力一次，结果都是越陷越深。如果它们把雪橇也拖进雪洞里去了，那我可就没有办法了。所以，我必须先解下雪橇，然后再去解救它们。可就在这时，山姆突然发起疯来，不停地乱冲乱撞，鼻子里喷着粗气，在雪洞里越陷越深。"

"这可真麻烦啊！"妈说。

"它到处乱撞，我真担心它会伤着大卫，"爸说，"于是我只好跳进雪洞里，把套在一起的马具解开，然后紧紧拉住山姆。我不停地踩着积雪，想踩出一条坚硬的小路，然后引导它们走上地面。可谁知，山姆竟然直立起来，然后往前扑，结果把我踩硬的雪都弄散了，这下我可真是火了。"

"那可如何是好啊，查尔斯？"妈问。

"最后，我还是把它给弄出来了，"爸说，"大卫温驯得像一只小绵羊，它跟在我身后，小心地走了上来。我把雪橇套在它身上，它乖乖地拖着雪橇绕过了雪洞。但是，我得一直拉着山姆，我手边没有东西能拴住它。最后，我终于把它们都套上了马具，继续向前走了。可是，走了不到几十米，马又陷下去了。"

"天哪！"妈惊叫起来。

"情况就是这样的。"爸说，"来回不到两英里，只拖了一雪橇干草，却花了整整半天时间，比干了一天的活儿还要累。下午，我就只用大卫拉雪橇了，虽然它自己无法拉动太多的干草，但是我们都会感觉轻松很多。"

爸胡乱吃了几口饭，又匆忙走了出去，把大卫套在雪橇上。如今，她们已经清楚爸在做什么事儿，也就不用担惊受怕了。不过，她们都非常心疼大卫，因为它可能随时会陷进沼泽的积雪中。同时又非常心疼爸，因为他要不停地松开马具，踩出小路帮马从雪洞里爬出来，然后再把马套到雪橇上，继续走。

下午的天气依然晴朗，阳光灿烂，天空没有一丝云彩。在天黑之前，爸只拉回了两车装得不多的干草。

"大卫就像一条忠实的狗那样聪明听话，"爸在吃晚饭的时候对她们说，"它一陷进雪地里，就乖乖地站着一动不动，等我踩出一条坚实的小路出来，它才小心谨慎地跟着我走出来，它好像完全明白这是怎么一回事。我敢打赌，它真的明白。明天，我要改用一根长绳子把它套在雪橇上，这样的话，如果它再陷进去，我就不用解开马具了，可以直接用长绳套上它，继续拉雪橇绕过雪洞。"

吃过晚饭，爸到福勒的店里买了一根绳子。他很快就回来了，并且还带来了一个好消息。他说，工作车载着犁雪机当天已经把翠西沟打通了一半。

"这次打通铁路花的时间要长一些，"他说，"因为他们每次清除轨道上的积雪时，总是把雪扔到铁路两旁，这样一来，这条沟就越来越深。不过火车站的乌渥兹说，他们很可能会在后天开一趟火车过来。"

"真是一个好消息！"妈说，"到时候我们又可以吃上肉了。"

"还有好消息呢，"爸继续说，"不管有没有火车，我们都能收到邮件了。他们要用马车把邮件送过来，邮差吉伯特明天一早就去普利斯顿。现在他正在做雪橇。要是你想寄信，现在就可以去给他。"

"我正在给威斯康星的家人写信呢，"妈说，"本来没打算这么快就写好的，现在看来要加快速度了。"

妈拿出信纸，铺在灯下的桌布上，等她把墨水瓶烘暖和之后，一家人便围坐在桌边，想想有什么要说的，就让妈写到信里去。妈用的那支红笔的笔杆是用珠母贝做的，形状像羽毛。她的字体工整而清秀，她先把信纸中心写满字，然后转过来在边缘上也写满字，翻过来的另一面也是同样如此。这样信纸的每一个角落都密密麻麻写满了字。

在威斯康星大森林的时候，卡琳还是一个婴儿，所以她记不得那些婶婶、叔叔和堂姐、堂哥了，而格蕾丝则从来没见过他们。但是罗兰和玛丽却对他们记忆犹新。

"妈，请你告诉他们，我的布娃娃夏洛蒂还一直陪着我，"罗

兰说，"还有，我希望黑猫苏珊的曾孙的曾孙的曾孙已经出生了。"

"用'子孙'二字就可以了，这样会少占些地方，"妈说，"我担心这封信会超重。"

"告诉他们，我们这儿连一只猫也没有。"爸说。

"我多么希望能有一只猫，"妈说，"这里的老鼠真是不少。"

"请告诉他们，我们希望他们今年能来这儿过圣诞节，就同在大森林里度过的那次一样。"玛丽说。

"应该说'就像'，玛丽。"妈指出了她的用词不当。

"天啊！"罗兰惊叫起来，"我几乎忘记圣诞节了，它快到了吧！"

格蕾丝坐在玛丽的腿上，兴奋地跳起来问道："什么时候过圣诞节啊？圣诞老人什么时候来啊？"

玛丽和卡琳曾经给她讲过圣诞老人的故事。现在玛丽不知道该对她说什么好，罗兰一时也说不出话来。不过卡琳开口了。

"今年下暴风雪了，也许圣诞老人今年冬天就来不了了，格蕾丝，"卡琳说，"你看，连火车都没法开到这儿来。"

"圣诞老人是坐雪橇来的，"格蕾丝焦急地瞪大眼睛，看着他们，"他能来，对不对，爸？他能来吗，妈？"

"他当然会来的，格蕾丝。"妈安慰她说。接着，罗兰也用十分肯定的语气说："圣诞老人可以到任何地方去。"

"而且说不定他能把火车也带来。"爸说。

第二天一早，爸就拿着写好的信去了邮局。在那里，他遇见了吉伯特先生。吉伯特先生把邮袋放进雪橇里，穿上一件野牛皮袍的大衣，并把全身紧紧地裹了起来，然后驾着雪橇走了。他去普利斯顿大约要走上十二英里的路。

"他去那里跟东部来的邮递车碰面，然后再把邮件带回来。"

爸说，"要是他驶过沼泽没遇上什么麻烦，今天晚上就可以回来。"

"今天的天气很好，适合他走这一趟。"妈说。

"我也要好好利用这个难得的好天气。"爸说完就走出门去，用长绳子套住大卫，驾着雪橇去地里了。

上午他拉回来了一雪橇干草。到了中午，正当他们坐在桌边时，天色突然暗下来，风开始怒吼。

"暴风雪来了！"爸说，"但愿吉伯特已经安全抵达普利斯顿了！"

第十七章
阿曼乐的麦种

寒冷和黑暗再次笼罩着小镇。屋顶上的钉子又结了白霜，玻璃窗也变成白色，即使在玻璃上刮出一个小孔，也只能看见一片飞旋的白雪。这栋坚固的房子在暴风雪中颤抖着，风也在咆哮着。

妈把地毯紧紧地塞在门缝里，可是仍有冷空气钻进屋来。这种天气里，真的很难高兴起来。爸在早晨和下午顺着晒衣绳到马厩去喂牲口，而且要尽量节省储存的干草。他进屋的时候已经冻得浑身冰冷，坐在火炉边很久才能暖和过来。他把格蕾丝放在膝盖上，再紧紧地抱着卡琳，把以前跟玛丽和罗兰讲过的故事再讲给她们听。到了晚上，他就拿起小提琴拉出欢快的曲子。

上床的时候到了，她们必须鼓足勇气，走到寒气逼人的楼上去，这时爸就会拉起小提琴来鼓励她们走上去。

"大家现在准备好，齐步往前走！"他喊道，"右，左，右，左，向前走！"

罗兰走在最前面，手里抱着用布包起来的热熨斗，玛丽一手搭在罗兰的肩上跟在后面走，卡琳则抱着另一只熨斗走在最后面，在音乐声的陪伴下，她们依次走上楼去。

前进！前进！艾多利克和德维奥德！

所有苏格兰兵都跨越了边界！

数不清的旗帜在空中飘扬，

许多饰章都声名远扬！

骑上马吧，准备好吧，

大山谷中的小伙子们，

快来战斗吧！

为了保护你们的家园！

这么做总会有些用处。罗兰总表现出非常开心的样子，希望这样能鼓励姐妹们。不过她知道，暴风雪又把火车挡住了，而且耳房里的木炭快用光了，镇上的木炭也已经销售一空。虽然妈只有在吃饭的时候才点上油灯，可灯里的油也所剩无几了。在火车到来之前，他们吃不上肉，也吃不上黄油，猪油也只剩下一点儿，只能涂面包吃。虽然还有些土豆，可是面粉却只够烤一次面包了。

罗兰想着这些烦心事儿，心里一直暗暗祈祷，在最后一点儿面包吃完前火车能够开来。接着，她又不停地想着煤油、木炭、仅剩的一点儿猪油和面粉。火车一定要来啊。

整整一天一夜，屋子都在这暴风雪中震颤着，风也在歇斯底里地咆哮，雪依旧拍打着墙壁和屋顶，屋顶的钉子依旧结着白霜。她们周围的房子里肯定也住着人，点着灯，可是由于距离太远了，根本感觉不到对方的存在。

在饲料店后面的那间屋子里，阿曼乐正忙碌着。他从房间的后墙上取下马鞍、马具和衣服，放在床上，然后把桌子推过去抵住碗橱，在空出来的地方放上一把椅子，准备锯木头用。

他在后墙旁边搭了一个两英尺宽、四英尺长的的木架。然后，他把一块块的木板锯好，再用钉子钉在木架上，形成了一堵新做的木墙。锯木头的声音和钉钉子的声音虽然响亮刺耳，但还是盖不住暴风雪的声音。

当这堵新做的木墙钉到和房间一般高的时候，他就拿出小刀打开一袋小麦种子。他抬起这袋一百二十五磅 [①] 重的麦种，小心翼翼地倒进新搭起的这道墙和原来那道墙之间的夹道中。

"我估计这儿能装下所有的小麦种子，"他对坐在炉灶边削木头的罗雷说，"等我把上面的木板钉好后，这个暗道就看不出来了。"

"你的事自己看着办就好了，这些都是你的小麦。"罗雷说。

"当然是我的小麦！"阿曼乐说，"春天，我会把它们播进我的土地中。"

"你为什么非要认为我会把你的小麦卖掉呢？"罗雷问。

"你的粮食很快就要卖光了，"阿曼乐说，"这场暴风雪总有一天会停的，我还从没见过不会停歇的暴风雪呢。等它停下来的时候，镇上的人都会拥到这儿来买小麦。其他的几个商店里只剩下三袋面粉了，而这场暴风雪会把铁道阻塞，火车在圣诞节前根本没法开通。"

"你说这些并不代表我会卖掉你的小麦啊！"罗雷坚持说。

"也许不会，但是我了解你，罗雷。你不是庄稼人，你是一个生意人。如果有人跑进来东张西望，问道：'你的小麦怎么卖的？'你会说：'我的小麦卖光了。'他会问你：'那袋子里装的是什么？'你会如实告诉他说：'那不是我的小麦，是阿曼乐的。'这时，他要问：'你们打算要多少钱？'我可不相信你会说你不卖。因为你是

①　1 磅 =0.4536 千克。

生意人，在这种情形下，你会情不自禁地问对方：'你愿意出个什么价？'"

"好吧，也许我会那么做，"罗雷不得不承认说，"不过那又有什么坏处吗？"

"当然有坏处！在火车开通前，他们会把价钱哄抬到天价。这样当我去运干草或是干别的，总之不在这里的时候，你就会觉得我不会拒绝这么高的价钱，或者你自认为你最清楚什么对我最有利，你从来不会相信我说的话，罗雷先生！"

"好啦，阿曼乐，请不要激动，"罗雷说，"我年龄比你大得多，也许我真的知道怎么办才是最好的。"

"或许吧。不过，无论如何，我都要按自己的想法来做事。我要把小麦种子封存起来，这样就不会有人看见它了，不会对它提出任何问题了。等到播种的时候，它还会好好地待在这儿的。"

"好啊，很好。"罗雷说。他继续用一根松木棍雕刻着链环。阿曼乐则两脚稳稳地站在地上，一袋一袋地把小麦扛在肩上，然后再倒进暗藏的夹墙里去。

狂风不时地刮过来，震得墙壁摇摇晃晃，炙热的炉灶不断地冒出一阵阵烟。暴风发出更加凶猛的怒号声，他们都侧耳倾听着，接着阿曼乐说："天啊，这下子才是最厉害的！"

"罗雷，"阿曼乐过了一会儿说，"你帮我削个木塞堵住这块木板上的洞好吗？我想在干今天的杂活儿前，把这件事做完。"

罗雷走过去瞧了瞧这个洞。他用刀子把洞的周围修成圆形，然后选了一块做塞子的木块。

"如果小麦价格真涨到你说的那么高，你不把小麦卖掉才是一个大傻瓜！"罗雷说，"火车在开春前一定会来的，到时候你就能花少一些的钱买回麦种，就能够赚上一笔了！我现在就是这样想的。"

"你已经说过这些话了，"阿曼乐说，"我宁愿保险一点儿，以免后悔。你不知道火车什么时候开通，你也不知道他们在四月之前会不会运小麦种子来。"

"这倒是真的，除了死亡和交税，什么事都不确定。"罗雷说。

"播种的时间可是确定的，"阿曼乐说，"好种子才能种出好庄稼来。"

"你说话的口气和父亲一模一样。"罗雷说，他把木塞进圆洞里试了试大小，然后又取出来继续削着，"如果火车在两周内还无法通行，我不知道镇上的人们还能支撑多久。杂货店里的东西几乎都销售空了。"

"在最艰难的时候，人总会想办法活下去的。"阿曼乐说，"去年夏天，大家都像我们一样准备了一些生活物资。要是有这个必要，我们可以省着点儿过，肯定能撑到春天到来的。"

第十八章
快乐的圣诞节

暴风雪终于停了。经历了整整三天的喧闹以后，虽然户外一片寂静，可是罗兰觉得寂静也在发出回响。

爸匆匆拉了一车干草回来，然后便把大卫牵到马厩里。外面阳光充足，积雪在太阳的照射下闪着银色的光芒。西北方向的天空蓝蓝的，没有一片云朵，罗兰不明白爸为什么停下来不再去拉干草了。

"怎么了，查尔斯？"爸走进屋来的时候，妈轻声问道。

"吉伯特到了普利斯顿又回来了，他带了一些邮件回来！"爸回答说。

这个消息就像圣诞节突然而至一样让人精神振奋。妈盼望着收到教会的报刊。罗兰、玛丽和卡琳希望奥尔登牧师给她们寄些书来，他时常会寄书给她们。格蕾丝看见大家这么高兴，她也跟着兴奋起来。爸去邮局了，大家都焦急地盼着爸从邮局回来，那种等待的滋味儿可真难受啊。

爸去了很久也不见回来。妈则安慰大家说不要急，着急也没用。镇里的许多人都跑到邮局去了，爸必须排队，等轮到他的时候才能拿到邮件。

终于，爸抱着满满一堆东西回来了。妈急忙去拿教会会刊，罗兰和卡琳两个人抢着去拿那包《青年之友》。邮包里还有报纸呢。

"好了，不要着急，还有呢。你们猜猜看，我还带什么回来了？"爸笑着说。

"信？爸，你拿到信了？"罗兰惊喜地大叫起来。

"是谁寄来的啊？"妈问。

"你的《前进报》，卡洛琳。"爸说，"罗兰和卡琳有《青年之友》。我拿到了《海湾报》和《先锋报》。还有一封是给玛丽的信。"

玛丽顿时开心得笑了起来，她摸摸那封信，大声地说："好大好厚一封信啊！妈，麻烦你念一下。"

信是奥尔登牧师寄来的。他在信中说他感到十分抱歉，去年春天他没有回到这儿来帮忙组织一个教会，因为他被派到北边更远的地方去了。他希望今年春天能回来和大家团聚。《青年之友》是明尼苏达州主日学校的孩子们送给她们的，而且明年还会接着寄的。他的教会还寄来了一个圣诞礼物桶，里面有一些衣服，希望里面的衣服都能合身。而他自己送给大家的礼物是一只火鸡，以此来报答他们一家人去年冬天在银湖对他和斯图亚特牧师的热情款待。最后，他祝福他们一家圣诞快乐，新年一切顺利！

妈念完信后，屋子里静悄悄的。过了一会儿，妈说："无论如何，我们都收到了这样一封让人感动的信。"

"吉伯特带回消息说，他们在翠西沟又加派了一倍的工人，还增添了两架犁雪机。"爸说，"这么一来，或许我们可以在圣诞节收到礼物桶呢。"

"再过几天就是圣诞节了。"妈说。

"几天时间可以干很多事情呢，"爸说，"如果这样的好天气一直能持续下去的话，火车肯定会开通的。"

"真希望可以在过节那天收到圣诞礼物桶。"卡琳说。

"镇上的旅馆都关门了，"爸说，"人们已经开始烧木材来取暖了，银行家鲁斯先生出钱买下了木材厂，最后一块屋顶木板也被他买走了。"

"反正我们也烧不起木材，"妈说，"可是，查尔斯，我们的木炭也快用完了。"

"那我们就烧干草。"爸说，表情非常轻松。

"干草？"妈惊讶地问。

"爸，我们怎么能烧干草呢？"罗兰问，她想起每次草原上的大火总是很快就把干草烧成灰烬，只要大火一过，草原上就立刻变成光秃秃一片了。现在如此寒冷，就连能够燃烧很长时间的木炭都无法抵御寒冷，很快就会烧尽的干草又怎么能让屋子里暖和起来？

"我们总得想办法啊，"爸说，"一定会有办法的！眼下迫不得已，只能这样做了。"

"火车也许会及时开通的。"妈说。

爸戴上帽子，嘱咐妈晚点儿做午饭。他还得赶快再去拉一车干草回来。等爸出门去了，妈说："来，孩子们，把你们的杂志收起来，这么好的天气，咱们抓紧时间大扫除一下。"

一整天，罗兰、卡琳和玛丽都盼望着看《青年之友》，在聊天中总是时不时地提到它。可是，这个晴天非常宝贵，而且很快就会过去，所以她们要尽快干活儿。衣物都在炉火上的桶里泡着，她们得搅动和敲打它们，然后用扫帚柄挑起衣物放在水盆里，妈打上肥皂搓洗。罗兰冲洗一遍，卡琳在第二遍冲洗的水里搅拌蓝色漂白剂，直到水变成均匀的蓝色。罗兰这时就去煮浆洗衣服的水。当妈出去把浆洗过的衣服晾在晒衣绳上时，爸刚好回来了。

饭后，她们迅速洗好碗盘，接着擦洗地板，给炉灶涂上黑油，然后再擦玻璃。妈把冻得硬邦邦的衣服收起来，她们就把衣服分类，然后喷上水，再卷起来，准备熨烫。很快，傍晚就到了。晚饭过后，由于煤油不多，她们也不能再点灯了，自然就没有办法看书了。

"先劳动再享受！"妈总是这么说。她温柔地微笑着对罗兰、卡琳说："你们帮我干了一整天的活儿。"她们一听这话心里面美滋滋的。

"明天我们念一个故事。"卡琳高兴地说。

"明天我们要熨衣服。"罗兰提醒她说。

"对！趁天气好，我们还要晒一晒楼上的床垫，把楼上彻底打扫一番！"妈说。

爸走进来，听见她们的对话，说："明天我要到铁路上去干活儿。"

乌渥兹先生接到命令，要尽可能找一些人去铁路上帮忙。翠西的监工在正在催着工人加班加点地干，铲雪队也正从湖隆镇往东边清理着铁轨上的积雪。

"只要我们坚持不懈，火车就能在圣诞节之前开通！"爸说。

晚上，爸回到家的时候，他的脸被冻得通红，却带着喜悦的笑容，他一进门就对大家说："好消息！明天工作车就会开通！然后定时班车也会开过来，应该是后天。"

"噢，太棒了，太棒了！"罗兰和卡琳齐声欢呼。妈说："这真是一个好消息。你的眼睛怎么了，查尔斯？"

爸的眼睛又红又肿，但他还是非常开心地说："在太阳光下铲雪很伤眼睛，有些人还得了雪盲症呢。给我准备一点儿淡盐水好吗，卡洛琳？我做完杂活儿想好好洗一洗眼睛。"

爸到马厩去了，妈坐在玛丽旁边的一把椅子上。"孩子们，我担心这个圣诞节会过得不好，"她说，"因为连续几场的暴风雪，我们一直在想方设法让这个屋子暖和点儿，大家别挨冻，所以根本没有时间去想过节的事。"

"也许那个圣诞礼物桶……"卡琳满怀期待地说道。

"我们可不能指望它。"玛丽说。

"我们可以一直等到圣诞节，"罗兰建议说，"只不过……"她边说边把一直睁大眼睛听着她们讲话的格蕾丝抱了起来。

"圣诞老人来不了了？"格蕾丝焦急地问，她的嘴唇开始哆嗦起来。

罗兰紧紧地抱着格蕾丝，越过她头顶上的金发看了看妈。

妈神情坚定地说："圣诞老人肯定会来看乖孩子的，格蕾丝，不过，孩子们，我有一个好主意。把我的教会会刊和你们的《青年之友》留到圣诞节那天再看，你们觉得如何？"

没有人说话。过了一会儿，玛丽说："我觉得这个主意很好。这可以帮助我们学会克制。"

"我可不想克制自己。"罗兰说。

"没有人愿意约束自己，"玛丽说，"但是这样对我们有好处。"

罗兰想了想，还是想不明白有什么好处。她沉默了一会儿，说："那好吧，妈，如果你和玛丽要这样，我也赞成，这样可以让我们对圣诞节多一些期待。"

"你觉得怎么样，卡琳？"妈征求卡琳的意见。

"我也赞成，妈。"卡琳小声地附和道。

"你们真是我的好孩子！"妈表扬她们说，"我们可以到商店里看看能不能买到什么小东西，不过，"她看了看格蕾丝，"你们几个大孩子都清楚，爸今年没找到可以挣钱的活儿……但是，我们还是可以节省一些钱来买礼物，过一个快乐的圣诞节。我会想办法做点儿特别的菜，然后我们再一起打开报纸看，等天黑了，不能看报纸了，爸就拉小提琴给我们听！"

"我们的面粉已经不多了，妈！"罗兰说。

"商店里的面粉一磅要花两角五分钱呢，所以爸正在等火车运东西来。"妈回答说，"不管怎么说，尽管没有什么东西可以做派，也没有黄油和鸡蛋做蛋糕，镇上也没有糖卖了，但是我们还是可以想想圣诞节可以做点儿什么特别的。"

罗兰静静地坐在那里。她正在绣十字绣，在一个薄薄的银色硬纸板上把羊毛线绣在一个小画框里。现在，她已经在画框边缘绣上了小花和树叶的图案，正准备把画框里的空白部分用蓝色羊毛线勾出轮廓。她捏着细细的针穿过纸板，然后把细细的蓝色羊毛线抽过去，想象着卡琳看见这个精美的画框时会多么喜欢它，她打算把这个画框作为圣诞礼物送给卡琳。以后有时间，她也可以给自己再绣一个。

在这之前，罗兰已经织好了衬裙的花边，准备送给玛丽。她还有一个装头发的纸板盒子要送给妈，上面已经绣好了美丽的图案。这样，妈就可以把盒子挂在镜子的角落上，她梳头的时候就可以把掉下来的头发放在盒子里，以后用来编假发。

"可我们能为爸做点儿什么呢？"她问妈。

"嗯……我还真说不上来，真想不出什么东西。"妈担忧地说。

"我还有几枚硬币。"卡琳说。

"还有我准备上学的钱。"玛丽说。可是妈说："不，玛丽，那笔钱无论如何我们都不能碰。"

"我有一角钱，"罗兰想了想说，"你有多少硬币啊，卡琳？"

"我有五个。"卡琳回答。

"我们需要两角五分钱，才能给爸买一副裤子的吊带。"罗兰说，"他需要一副新吊带。"

"我有一个一角的硬币。"妈说，"这样就够了。罗兰，明天趁你爸一早出门去干活儿的时候，你和卡琳就赶快出去把它买回来。"

第二天早晨，等干完了家务活儿，罗兰和卡琳穿过遍地积雪的街道，来到了霍桑的杂货店。霍桑先生一个人在店里，货架上空空的。两面长长的墙上只挂了几双男人的靴子和女人的鞋子，还有几匹印花布。豆子桶是空的，饼干桶是空的，猪肉桶里只剩下一些盐水了，装苹果干的箱子和黑莓干的箱子也是空空的。

"火车没开来，我也没东西卖了。"霍桑先生说，"据说有一批杂货会运过来，可是火车又停开了。"

玻璃橱窗里还有一些漂亮的手帕、梳子、发针和两副吊带。这两副吊带是灰色的，看上去有些单调暗淡。

"我帮你们把它包起来好吗？"霍桑先生问。

罗兰不想要这副裤子吊带，她看了看卡琳，卡琳的脸上也写着不想要的神情。

"不要，谢谢你，霍桑先生，"罗兰客气地说，"我们现在还不打算买。"

她们从商店里走出来，外面异常寒冷。她对卡琳说："我们去洛夫托斯的店里看看，或许可以找到更漂亮的。"

她们低着头，冒着寒风，沿着结冰的小路艰难地前进，最终来到了洛夫托斯的店里。

空荡荡的店里回荡着她们的脚步声。每一只桶和箱子都是空的，先前放罐头食品的地方只剩下两罐扁平的牡蛎肉罐头了。

"等明天火车来，我就有一批货到。"洛夫托斯先生说，"不过最快也要等到明天。"

在商店的橱窗里有一副蓝色的吊带，上面点缀着漂亮的红色小花朵和闪闪发亮的铜扣。罗兰从来没见过如此漂亮的吊带，她觉得，这个吊带和爸配极了。

"这要多少钱？"她紧张地问，心想这副吊带一定会很贵。可出乎意料的是，它的价钱正好是两角五分。罗兰把自己的两个五分硬币，卡琳的五个一分硬币和妈的一角硬币交给洛夫托斯。

她和卡琳拿着包着吊带的小袋子，径直朝家里走去，冷风把她们吹得无法呼吸。

那天晚上上床的时候，谁也没有提到袜子的事。格蕾丝还小，不知道要在平安夜挂袜子的传统，其他人也没对收到礼物抱希望。不过她们从来没有像现在这样急切地盼着圣诞节的到来，因为铁路已经清理完毕，火车明天就会开过来。

到了清晨，罗兰醒来之后的第一个念头便是火车今天要来了！天空十分晴朗，窗上没有结霜花，覆盖着积雪的草原在晨曦中染上了一片玫瑰色。火车就要来了，罗兰满心欢喜地想着即将到来的圣诞节和惊喜。

她悄悄地溜下床，没有吵醒玛丽，然后在寒冷中迅速穿好衣服。她打开自己的箱子，取出那卷织好的花边，接着找出在主日学校得到的最漂亮的卡片，又取出刺绣画框和装头发的纸板盒。她手里拿着这些东西，轻轻地下楼了。

妈见罗兰这么早就起来了，非常惊讶。餐桌已经摆好了，妈正往每只盘子里放上一个用红白条纹纸包好的小包。

"圣诞快乐，妈！"罗兰轻声问，"咦，这些是什么啊？"

"圣诞礼物。"妈低声说，"你手里拿的是什么啊？"

罗兰只是笑了笑。她把手里包好的礼物分别放在妈和玛丽的盘子上，然后把主日学校的卡片插进刺绣画框里。"送给卡琳的。"

她悄悄说道。

妈和罗兰一起欣赏着画框，它看上去好精美啊。然后妈找来一张棉纸把画框包起来。

这时，卡琳、格蕾丝和玛丽已经醒了，正在急匆匆地下楼，还兴高采烈地喊着："圣诞快乐！圣诞快乐！"

"啊！"卡琳快乐得尖叫起来，"我还以为只有火车来了才能有圣诞礼物呢！快看呀，快看呀！"

"怎么了？"玛丽问。

"桌子上每只盘子里都放着圣诞礼物呢！"卡琳告诉她说。

"不，格蕾丝，你还不能拆礼物！"妈说，"我们要等着爸回来。"于是格蕾丝乖乖地绕着桌子跑，眼巴巴地看着礼物，没有再去碰。

爸拎着牛奶桶回来了，妈把牛奶过滤了一遍。爸走进小屋，出来时满脸笑容，他拿出两罐从洛夫托斯店里买回的牡蛎肉交给了妈。

"查尔斯！"妈开心地叫道。

"请给我们的圣诞大餐做道牡蛎鲜汤吧，卡洛琳！"爸说，"我又挤了一点儿牛奶，并不多，这是最后的一点儿牛奶了。不过也许你能派上用场。"

"我在里面兑一点儿水。"妈说，"我们的圣诞节大餐有牡蛎肉汤吃了！"

接着爸看了看桌子。罗兰和卡琳开心地笑起来，喊道："圣诞节快乐，爸！"罗兰同时不忘告诉玛丽："爸看上去好惊讶啊！"

"圣诞老人太好了！"爸快乐地说道，"火车没把礼物带来，这位可爱的老人倒把礼物带来了！"

他们在自己的位子上坐下来，妈把格蕾丝伸出去的手轻轻拉回来，"让爸先打开他的礼物，格蕾丝。"

爸拿起他的礼物说："这是什么，谁送给我的？"他解开绳子，打开包装纸，拿出那副漂亮的蓝色吊带。

"哇！"他惊叫起来，"这副吊带真是太漂亮了，我简直没法穿大衣了，因为那样会遮住它！"他抬头看了看每个人，"你们大家一起买的吧？穿上它，我会感觉非常自豪的！"

"你还不能动，格蕾丝。"妈说，"接下来玛丽先拆。"

玛丽打开包装纸，取出那卷美丽的针织蕾丝花边。她爱不释手地轻轻抚摸着，脸上焕发出迷人的光彩。"我要留着上学的时候用。"她说，"这是帮助我上学的又一件东西，这条花边配在白色衬裙上一定会非常漂亮的。"

接着，卡琳拆开了礼物。那幅画上是一个穿着蓝白色袍子的牧羊人，手臂里抱着一头雪白的羔羊。画框是用银白色纸板做成的，上面绣着蓝色小花，与整幅图案浑然一体。

"天啊，太漂亮了！太漂亮了！"卡琳低声说。

妈打开了她的礼物，说这个装头发的盒子正是她一直想要的东西。

最后，格蕾丝打开了她的礼物包装纸，开心得"咯咯"地笑了起来。那是两个小小的、扁扁的小木人，站在两根柱子之间搭成的平台上。小木人的手抓住头顶上两根紧紧绞成一团的绳子。它们戴着尖尖的红帽子，上身穿着蓝色外套，上面还镶着金色的纽扣，而下身穿着红绿相间的裤子，脚上是一双鞋尖上翘的靴子。

妈把两根柱子下面的按钮轻轻一按，一个木人便翻了一个跟斗，另一个木人就荡到它的位置上。接着再按一下，两个木人又交换了位置，它们不断地互换，一边跳舞，一边翻跟斗。

"啊，看啊！"格蕾丝兴奋地叫着。她目不转睛地看着这两个滑稽的小木人表演，怎么看也看不够。

除了这些礼物之外，每个人的盘子里都有一个用条纹纸包装好的小包，里面装着圣诞糖果。

"你从哪儿买来的，爸？"罗兰感到十分诧异。

"前些时候就买好了。这是镇里剩的最后一点儿糖。"爸说，"有些人说他们要把糖果当作糖来用，可我还是决定把它作为圣诞糖果。"

"啊，这个圣诞节真快乐。"卡琳叹了一口气。罗兰也颇有同感。不管发生了什么事，她们总能过上一个快乐的圣诞节。今天的阳光非常明亮，天空万里无云，铁路已经清理干净，能够通车了。这天早晨，火车已经通过了翠西沟。所以今天他们肯定能听到火车的汽笛声，看见火车停在车站里。

中午，妈煮了牡蛎肉汤。罗兰负责摆餐具，卡琳和格蕾丝正在玩会蹦跳的小木人。妈尝了尝汤的味道，然后又弯下腰看了看烤箱里的面包，"面包也烤好了，你爸在忙什么呢？"

"他正忙着把干草搬进屋里来。"罗兰说。

爸打开门走进来。耳房里已经堆满了干草。他问道："牡蛎肉汤做好了吗？"

"我正准备盛出来呢。"妈说，"我真高兴火车要来了，因为木炭马上要用完了。"说着她看了看爸，问："怎么了，查尔斯？"

"西北部的天空涌起一片黑云。"爸沉重地说。

"不会又要来一场暴风雪吧？"妈担心地问。

"我正担心呢，"爸说，"但不管怎样，都不会影响我们享用午餐。"他坐到了桌边的椅子上，"我已经在马厩和耳房里堆了很多干草，不用担心。现在我们来喝牡蛎肉汤吧。"

他们吃饭的时候，天空依然晴朗，阳光洒满大地。虽然牛奶里加了很多水，可热汤的味道依旧非常可口。爸把烤面包弄碎放进他的汤碗里。"这样的烤面包吃起来就像脆饼干一样香，"他说，"没有比它更美味的东西了。"

罗兰喝着香喷喷的热汤，心里却总在想着那片快要到来的乌云，还不得不留神听着风声，她知道不久之后暴风雪就要来了。

风伴随着一阵尖啸声突然到来。窗户开始震动，房子跟着摇晃起来。

"天啊，这次的暴风雪一定非常厉害！"爸说。他走到窗前，只见外面已经一片模糊。狂风怒吼，裹挟着雪花迎面扑来，气势汹汹地掀翻了地上的积雪堆，又把雪粒刮向空中。这些雪花在半空里相互碰撞，就像龙卷风似的。天空、太阳、小镇全都消失在茫茫的大雪中。他们的房子又像原来那样孤零零地伫立在雪地里。

"火车肯定来不了了。"罗兰暗暗想道。

"来吧，孩子们，我们把碗盘清洗干净，然后，我们阅读杂志来度过这个下午。"

"木炭还够吗，妈？"罗兰问。

爸看了看炉火。"还能用到吃晚饭的时候，"他说，"以后我们就烧干草。"

玻璃窗上又开始结霜了，屋子里的每个角落都逐渐寒冷起来。炉灶附近的光线十分暗淡，根本没法看书报。等到把碗盘收拾好后，妈把红白格子的餐巾铺在桌子上，点起了煤油灯。

煤油灯的油壶里只剩下一点儿煤油了，可它依然能发出温暖而令人愉悦的光芒。罗兰打开了那包《青年之友》，她和卡琳都非常想赶快阅读。

"你们选一个故事吧，"妈说，"我大声把它念出来，这样我们就可以一起听了。"

于是，大家紧紧地围在炉灶和被油灯照亮的桌子间，听着妈温柔而清晰的朗读声。这些精彩动人的故事，很快让她们听得入了迷，远离了寒冷和黑暗。妈读完这个故事，又接着读了两个故事。一天里听三个故事已经够多的了，妈准备把剩下的故事留到其他时间读。

玛丽心满意足地叹了一口气。她们非常开心。整个下午一眨眼就过去了，很快就到了做杂活儿的时间了。

爸从马厩回来的时候，在耳房里停留了一段时间。过了一会儿，他抱着一堆好像木棒的东西走进来。

"这是你做早饭用的柴火，卡洛琳！"他把怀里的东西放在炉灶旁，说，"干草做的结实的棒子。我想也能烧得不错吧。"

"干草棒？"罗兰惊讶地叫起来。

"是的，罗兰。"爸把手放在炉灶上取暖，"我很高兴在耳房里放了干草。要不然，外面刮这么大的风，我根本没法把干草抱进来，除非我用牙咬着一根一根地叼进来。"

这些干草被拧得非常结实，几乎像木棍一样硬。

"干草棒！"妈笑着说，"你太棒了，查尔斯！我就知道，什么困难都难不倒你。"

"你在这方面也做得不错呀。"爸微笑着对妈说。

晚餐他们吃的是煮土豆，每个人还有一片面包，蘸着盐吃。这是最后的面包了，不过袋子里还有一些豆子和几个白萝卜。至于喝的东西，就只有加了糖的红茶了。家里已经没有牛奶了，妈只好在红茶里加一些白开水，给格蕾丝喝。

就在他们吃饭的时候，火苗把灯里的最后一滴煤油吸进灯芯，立刻变得很亮。但是一瞬间，火苗又暗了下去，拼命地想要再次燃起来。妈弯腰将火苗吹灭，黑暗立刻包围了小屋，伴随而来的是暴风雪猖狂的咆哮声。

"灯已经灭了，我们还是上床睡觉吧。"妈轻轻地说道。圣诞节就这样结束了。

罗兰躺在床上，听着刮得越来越猛烈的风声。这风声听上去就像很久以前那群狼包围了草原小木屋时发出的嗥叫。那时候她还很小，爸见她害怕，就把她紧紧地抱在怀里。而且，也非常像罗兰和卡琳在银湖岸边遇见的那只大狼发出的低沉的嗥叫声。接着，她好像又听到了印第安保留区那只黑豹发出的嘶吼声，她不禁浑身战栗起来。其实，那也是暴风雪的声音。过了一会儿，她又仿佛听到了印第安人整夜跳战前舞的呐喊声。

呐喊声渐渐地小下去了，她好像又听到一群人在窃窃私语，然后又在一阵恐怖的呵斥声中尖叫着逃跑了。

事实上，罗兰知道那些都是暴风雪的声音。后来，她索性把被子拉起来蒙住了头，紧紧地捂上耳朵，把这些声音挡在外面，但是没有用，它们一直都在。

第十九章
有志者事竟成

干草很快就燃烧起来，火势很旺，不过它很快就熄了。于是，妈关闭了炉灶的通风口，整整一天都在往灶里加干草。除了必须冒着风雪到马厩里去干杂活儿外，爸一天都待在小屋里拧干草棒。暴风雪越下越大，天气也越来越冷。

爸时常到炉灶旁来取暖，说："我的手指头全都麻木了，几乎连草棒都拧不紧了。"

"我来帮你吧，爸！"罗兰恳求道。

爸不愿意让她做这些活儿。"你的手太小了，干不了这些活儿。"不过总得有人来帮忙，因为又要往炉子里加草棒，又要把干草拧成棒子，他一个人还真忙不过来。最后爸终于说："来吧，我来教你。"

罗兰穿上爸的旧大衣，围上围巾，戴上兜帽，和爸一起走了出去。

耳房里没有天花板。风把雪花从木板墙上的缝隙里吹进来，掉到干草堆上。爸抓起两把干草，抖掉上面的雪花，说："把雪都抖掉，不然雪化了，干草湿了就烧不着了。"

罗兰尽可能地抓起一大把干草，使劲抖掉上面的雪，然后认真地照着爸的动作来做。爸先把长长的草束拧紧，然后把右手那头放在左肘下面，贴着身子夹紧，这样拧好的草束就不会散开。再用右手抓住干草的另一端，不断用力拧，一直拧到草绳的中间弯曲了，并卷在一起成为一个结的时候，左手手肘依旧夹着不动，每转一次，就多出一个圈来，等整个草束都拧紧后，爸便把干草束的两端使劲拧在一起塞进最后拧好的那个草结里。他把硬邦邦的干草棒扔在地上，看了看罗兰。

罗兰用心地学着爸的动作，把草的两头塞进草结里。草拧得太紧了，她没法塞进去。

"松开打结的地方，然后把两头塞进去，"爸说，"再用力拧紧，就这样！"

罗兰拧的干草棒既不均匀，也不平整，不像爸拧得那么平滑结实，但是爸表扬她说，第一次能做得这么好已经不错了，下次她一定会做得更好的。

罗兰一连做了六根干草棒，一个比一个做得好，第六个干草棒已经做得有模有样了。可是，她的手也冻得失去知觉了。

"好了，"爸说，"把干草棒收起来，让我们起来去暖和暖和身子。"

他们把干草棒搬进厨房。罗兰的脚已经冻得麻木了，就好像两根木头在支撑她的身体一般。她的手也冻得通红，当她把手伸到炉灶上面烤的时候，被草叶划破的地方一阵阵钻心地疼。不过，能给爸帮忙，她感到由衷的高兴。她拧的这些干草，可以让爸有时间坐在炉灶旁把身子烤暖和，再回到寒冷的耳房中，拧出更多的干草棒来。

接下来的两天，罗兰一直帮爸拧着干草棒，妈守在炉灶旁，照看着炉火不让它熄灭，卡琳则帮忙照看格蕾丝和干一些家务活儿。午饭他们吃的是烤土豆和萝卜泥，配料是胡椒粉和盐。晚餐的时候，妈把土豆剁碎，放在烤箱里加热，因为家里已经没有油来炸土豆了。不过晚餐还是非常好的，食物都是热乎乎的，再喝一些加了糖的热茶，真是非常舒服。

"这是最后一条面包了。"第二天晚上吃晚饭的时候，妈说，"我们真的需要一些面粉，查尔斯。"

"等这场暴风雪一过去，我立刻出去买。"爸说，"不管出多高的价也要买。"

"用我上学的钱吧，爸。"玛丽说，"三十五元两角五分足够买到我们所需要的面粉了。"

"真是爸妈的好女儿，玛丽，"妈说，"不过我希望我们不要动用你上学的钱。我想面粉卖什么价钱得看火车什么时候开来吧？"妈问爸。

"是的，"爸说，"商店就是根据这个来定的价。"

妈站起来，往炉灶里添加了一把干草棒。她揭开炉盖，一股冒着烟的红黄色火苗一瞬间驱散了屋子里的黑暗。但是，不过一瞬间，黑暗又回来了。这时，暴风雪的呼啸声在黑暗中仿佛更响、更近了。

"只要有一点儿油，我就可以设法点起灯来。"妈说，"在我小的时候还没有煤油灯呢，不是照样有灯光吗？"

"对呀，"爸说，"现在一切都在进步，每件事物都在迅速发展。铁路、电报、煤油、炭炉，这些东西的确很好，不过问题是人们越来越依赖这些东西了。"

第二天早上，风依然呼啸着，在结了厚霜的窗外，雪仍然在空中飞舞。但是到了中午，一股强劲的风从南方吹来，吹散了乌云，太阳露了出来。此时的天气依然很冷，罗兰在耳房里拧干草棒，觉得脚下的雪发出了咯吱咯吱的声音。

爸到街对面去买面粉。过了一会儿，他扛着一袋谷物回来了。到了家里，爸把肩膀一斜，袋子就滑到了地上。

"卡洛琳，这个是你要的面粉，或者说代替面粉的东西。"爸说，"是小麦，是罗雷店里剩下的最后一袋小麦了。商店里都没面粉了。银行家鲁斯今天早晨把最后一袋面粉买走了，他付了五十块钱，相当于一块钱一磅。"

"我的天啊，查尔斯。"妈说。

"是啊，按照这种价钱我们根本买不了多少面粉，所以我想让鲁斯买去也好。我们现在不如学着怎么做小麦吃吧！要怎么做呢，用水煮？"

"我不知道，查尔斯，好像小麦不能直接做东西吃。"妈说。

"可惜镇里没有磨坊。"爸说。

"我们自己有磨呀。"妈说着把手伸到碗橱顶上，取下了咖啡磨。

"还真有啊。"爸说，"让我们看看怎么使用吧。"

妈把这个小小的棕色木盒子放在桌上。她先转动磨柄，把磨盘里剩余的咖啡粒磨碎，然后拉出那个小抽屉，倒出咖啡粉，再小心地把抽屉擦干净。

爸打开小麦袋子。咖啡磨上面的黑铁漏斗可以装半杯小麦，妈把漏斗关好，然后坐下来把木盒放在膝盖中间夹紧，接着一圈一圈地转动磨柄，咖啡磨发出了与磨咖啡时一样的声音。

"看来，小麦也能像咖啡一样磨呢。"妈高兴地说。她朝小抽屉看了看，磨碎的麦粉已经变成了扁扁的一团。"不过也不像咖啡，"妈说，"小麦没有烘烤过，水分比较多。"

"你能用这个做面包吗？"爸问。

"当然能！"妈说，"不过想要在晚饭的时候吃上面包，我们就得不停地磨。"

"那我也得去拖些干草来烤面包。"爸说着从口袋取出一个扁圆形的木盒子递给妈，"你也许可以用这个来做一盏灯。"

"有火车的消息吗，查尔斯？"妈问。

"他们又在翠西沟那边工作了，"爸说，"但是那边现在又堆满了雪，和上次铲在两边的雪堆一样高了。"

爸走到马厩去，将大卫套上雪橇后便驶向了农地。妈看了看爸给他的盒子，盒子里装着黄色的车轴润滑油。不过现在已经没有时间去考虑怎么做灯了。炉灶里的火快熄了，妈把最后一把干草棒放了进去。罗兰赶紧走到耳房去拧干草棒。

过了一会儿，妈也过来帮忙了。"玛丽在磨小麦。"妈说，"我们得赶紧拧一些干草棒，让炉火一直燃烧着，这样等你爸回来的时候，屋子就是暖和的，他肯定快冻僵了。"

爸回来的时候已经是傍晚了。他在后门旁边卸下雪橇，把大卫牵进马厩。接着，他将雪橇上的干草叉进耳房，堆积如山的干草几乎让人都不能开门了。等做完这些活儿后，爸走进屋来，坐在炉灶旁，已经冻得好一阵子说不出话来，直到暖和起来后才开口。

"我很抱歉回来这么晚，卡洛琳。"爸说，"雪积得比以前深多了，要把干草从积雪里拔出来真不容易啊。"

"我想我们不如每天这个时候吃午饭吧，"妈说，"这样可以节省些火少点灯，而且白天的时间很短，要做三顿饭时间也显得很紧，晚一些吃午饭，就当是晚饭好了。"

用磨出来的小麦粉做出来的黑面包味道很不错，有一种新鲜的坚果味道，几乎可以替代黄油了。

"我看你又在用酸面团发酵了。"爸说。

"是啊，"妈说，"我们不用发酵粉或牛奶，也可以做出香喷喷的面包来。"

"有志者事竟成。"爸说完，又拿起一个土豆，往上面撒了一点儿盐，"千万别小瞧了盐，盐能使土豆的原汁原味充分发挥出来，要是用黄油和肉汁配着吃，土豆的原味就会被掩盖掉。"

"别在你的茶里放糖啊，爸，这样会影响茶的原汁原味呢。"罗兰淘气地说。

爸向她眨了眨眼睛。"一杯热气腾腾的茶水可以让糖的味道发挥出来呢，小调皮。"然后他转过头问妈："卡洛琳，你用车轴润滑油把灯做出来了吗？"

"我还没来得及做呢。"妈说，"等吃过饭，我打算做一盏纽扣灯。"

"什么是纽扣灯啊？"爸问。

"你就等着瞧吧！"妈神秘地回答。

爸出门去做杂活儿了，妈叫卡琳去把她的碎布袋拿出来。她从木盒子里取出一些车轴润滑油，涂在一只旧碟子上，然后再剪一小块印花布。"卡琳，你在纽扣袋里给我找一颗纽扣过来。"

"要哪种纽扣，妈？"卡琳跑到寒冷的前屋去拿纽扣袋。

"就拿一颗爸的旧大衣的纽扣。"妈说。她把纽扣放在印花布的中央，把四周的布拉起来裹住纽扣，用线把那块布与纽扣缠紧，然后把印花布的四个角向上拉，扭成像灯芯一样的细长一束。接着，她在印花布上抹上一点儿油，再把它放在旧盘子里。

"现在我们就等着爸回来了。"妈说。

天色渐渐暗下来，罗兰和卡琳赶紧把碗碟洗好。等爸进屋来的时候，天已经完全黑了。

"查尔斯，给我一根火柴。"妈说。她点燃纽扣灯尖细的灯芯。一簇小小的火苗闪烁起来，然后渐渐变亮了。它的火焰很稳定，融化了碟子里的润滑油，通过印花布把油吸引上去，让灯芯持续地燃烧着。这股小小的火焰，让黑暗一下变得温馨起来。

"卡洛琳，你太了不起了！"爸称赞道，"这小小的一点儿灯光，瞬间让一切发生了神奇的变化！"

爸在炉火旁暖着身体，低头看了看那一堆拧好的干草棒。"我拧草不需要灯光，"他说，"我们还需要更多的干草棒，这些不够用到明天早晨。"

爸出去拧干草棒了。罗兰从玛丽手中接过咖啡磨，一刻也不停地摇动着磨柄，磨着小麦。没过多久，她的手臂和肩膀就变得难受起来，所以她们得轮流磨。咖啡磨太小，所以磨小麦的速度非常慢，她们不得不一直转着才能磨出足够做一顿面包的小麦粉。

妈脱下格蕾丝的鞋子，在炉灶旁烘暖她的小脚，然后脱掉她的衣服，给她换上睡衣，再用已经烘暖了的披巾把她紧紧地包裹起来。

"好了，卡琳，如果你暖和了，"妈说，"我现在就要把格蕾丝放到床上去了，你和她一块儿去睡吧。"

妈把格蕾丝抱到床上，用暖和的披巾把她和卡琳裹好，再把热熨斗塞进被窝里，然后才走下楼来。

"现在让我来磨小麦吧，罗兰。"妈对罗兰说，"你和玛丽赶紧上床去睡，等爸回来了，我们也赶快睡觉，这样可以尽量节省好不容易才拧成的干草棒。"

第二十章
捕捉羚羊

天气终于放晴了，太阳露出了灿烂的笑容，松散的雪花就像烟雾一般在冰冻的白色草原上空翻滚。

爸匆匆走进来。"镇子西边有一群羚羊！"他兴奋地说，然后从墙上的挂钩上取下他的猎枪，又把子弹放进口袋里。

罗兰围上妈的披巾，跑进寒冷的前屋，在结了冰霜的窗户上刮出一个小孔，看到一群人正在街上聚集，有几个人已经骑到了马上。福斯特先生和阿曼乐骑着漂亮的莫干种马。凯普飞快地跑了过来，加入了正在听爸说话的那群人中间。他们都带着枪，看起来很兴奋，说话声音响亮而激动。

"快到厨房来，罗兰。"妈喊道。

"我好想吃肉啊，"罗兰把披巾挂起来，"要是爸能打到两头羚羊就好了。"

"我也想用肉配着黑面包吃。"妈说，"不过在蛋还没有孵化以前，不要先计算有多少只鸡。"

"哎，妈，如果真有羚羊的话，爸一定会打到一只的。"罗兰说。

卡琳拿来一碟小麦，倒进咖啡磨的漏斗里，玛丽认真地磨着。"吃烤肉，"卡琳说，"还有肉汁，可以把肉汁浇在土豆上，用黑面包蘸着吃！"

"停一下，玛丽！"罗兰叫道，"听，他们出发了！"

尽管外面的风不断地吹着，在屋檐下发出尖厉的声音，不过她们还是可以隐约听到说话声和脚步声。

男人们在街道的尽头停了下来。镇子外面是一片雪白的积雪，在一英里之外被风刮起的雪雾中，可以看到一群灰色的羚羊正在往南方缓缓移动。

"动作要慢一点儿，伙计们，千万不要慌张。"爸叮嘱说，"我们可以慢慢绕到北边去拦住它们，然后你们再从南边包围上来，慢慢把它们往我们这边赶，尽量不要惊吓它们，一直把它们赶到枪的射程范围内。大家千万不要心急，我们有整整一天时间，如果顺利的话，我们每个人都可以分到一头羚羊。"

"我们干脆直接骑马绕到北边去，你们没有骑马的人从南边围过来，这样或许更好一些。"福斯特先生说。

"不，还是照英格斯说的做。"霍桑说，"来吧，伙计们！"

"把队伍散开，排成一排，"爸大声叫道，"慢慢走，千万别吓着它们！"

阿曼乐和福斯特先生骑着阿曼乐的莫干种马，走在前面。冷风扑面，吹得马急匆匆地往前冲。它们的耳朵竖起来，一前一后地耸动着，甩着头，嚼子被弄得直响，就好像害怕自己的影子似的，一直伸长脖子，扯着马嚼子，跳着想走得更快点儿。

"把马拉稳，"阿曼乐对福斯特先生说，"别让嚼子磨马的嘴，它的嘴很嫩。"

福斯特先生不会骑马，他很紧张，弄得他骑的那匹母马也很紧张，而且越来越明显了。福斯特先生在马鞍上不停地扭转着，连缰绳都拉不稳。阿曼乐心里十分后悔让他骑着贵妃。

"小心点儿，福斯特，"阿曼乐说，"那匹马可能会把你摔下去的。"

"它怎么了？怎么回事？"福斯特的牙齿冻得直打冷战，"快看啊，它们在那儿！"

在清澈明净的空气里，那群羚羊看上去比它们先前的位置要更近一些。在这群移动的羚羊的另一边，步行的人正朝西边走，慢慢地朝着羊群围了上来。阿曼乐看到爸在队伍的前列。照这样看来，只需要几分钟，他们就可以把羊群包围住。

他转过身来想和福斯特先生说话，却意外地发现贵妃的马鞍上是空的。就在这时，一声枪响几乎震破了他的耳膜。两匹马受了惊，同时嘶鸣起来，蹦跳着想要逃走。阿曼乐使劲勒住缰绳，让王子安静下来，可这时候贵妃却一溜烟地朝前跑了。

福斯特先生此时竟然站在地上兴奋地跳着，挥舞着枪大喊。原来他看到这么多羚羊，高兴得忘乎所以，情不自禁地从贵妃身上跳下去，松开了缰绳，朝还远在射程之外的羚羊开了一枪。

羚羊听到枪声之后，高高地扬起头和尾巴，飞快地跑开了，就好像是乘着风在积雪上飞驰一样。棕色的贵妃赶上了它们，夹在其中一起向远方奔跑。

"不要开枪！不要开枪！"阿曼乐扯开嗓子叫起来，不过他知道在逆风中喊也是白喊。这群羚羊早已越过步行者的包围线，但为了保护贵妃，大家谁也不敢开枪。贵妃高昂着头，黝黑的鬃毛和尾巴在空中飞扬起来，夹杂在一团低沉的灰云似的羚羊群中，飞快地越过草原的一处小坡，接着就消失了。过了一会儿，它们又经过另一处白色的小坡，随后越变越小，一次一次地出现又消失，直到完全消失在草原的远处。

"看样子它不会回来了，阿曼乐，这真是糟糕！"霍桑先生说。

其他骑马的人都跑了上来。他们静静地骑在马背上，眺望着远方的草原。这群羚羊和羚羊中的那个小黑点——贵妃再次出现，紧接着就像一团飞掠而过的灰影，彻底消失了踪影。

爸和其他步行者走了过来。凯普说："我们的运气实在是坏透了，阿曼乐，我想我们当时还不如冒险开枪试一试。"

"上帝啊，你还真是一个伟大的猎人，福斯特！"福勒先生说。

"就只有他开了一枪。"凯普说，"这一枪开得真是好啊。"

"我感到十分抱歉，是我放开了那匹马。"福斯特先生说，"我太兴奋了，没想太多。我还以为马会乖乖地站在原地呢。我从来没见过羚羊。"

"下一次你射羚羊的时候，一定要在射程之内再开枪。"福勒

先生说。

大家都沉默不语。阿曼乐骑在马背上，王子正在使劲挣扎，想挣脱掉缰绳，去追贵妃。贵妃的境遇十分危险，像它那样惊恐不安地跟着羚羊跑，很可能一直跑到精疲力竭活活累死为止。但是现在去追它一点儿用也没有，那只会让羚羊群跑得更快，也就让贵妃跑得更快。

从远处的一些地标来看，羚羊群大概朝西跑了五六英里，然后朝北跑了。

"它们朝幽灵湖的方向跑了。"爸说，"它们会躲在那边的灌木丛里，然后会去河边的悬崖处。我们再也不会看见它们了。"

"阿曼乐的马怎么办啊，英格斯先生？"凯普急切地问道。

爸看了看阿曼乐，然后又朝西北方看了看。那边没有一丝云，可风却刮得十分猛烈，天气也非常寒冷。

"这儿除了贵妃以外，和羚羊的速度不相上下的马就只有王子了，可是你如果想去追它们的话，会把王子累死的。"爸说，"到幽灵湖要跑上一天才行，但是谁也不知道暴风雪什么时候会来，如果是我的话，是不会在这样的天气下去冒险的。"

"我也没打算去追，"阿曼乐说，"不过我要绕上一圈，再从北边回到小镇，说不定还会看到贵妃的踪影。即使看不见，也许它也可以自己找到家。你们先回去吧，咱们镇上再见吧！"

他骑着王子开始慢慢地走。过了一会儿，他便加快了速度，朝着北边飞奔而去。其他人则扛着枪向镇上走去。

阿曼乐把头埋得低低的，顶着凛冽的寒风骑在马上，不过只要他一走到草原上的某个高处或高高的雪堤上，就会抬起头四处搜寻。可是除了一个个平缓的雪坡和坡顶上被风掀起来的团团雪雾，他什么也看不见。贵妃走丢了，阿曼乐心里很难过，可是为了一匹马去冒险还是不值得的。没有了它，这一组拖车马就拆散了，而他再也找不到像贵妃这样跟王子配合得如此默契的马了。他开始觉得自己真是傻瓜，竟然把贵妃借给不会骑马的人。

王子高昂着头，在风中撒开四蹄飞快地往前跑。它跑上草坡，然后又迈着碎步慢慢跑下去。阿曼乐不希望自己离小镇太远，然而西北方的天空依然是晴空万里，前面又总是有斜坡出现，他心想要是登上下一个草坡就能看得更远些。

他想，也许贵妃已经跑累了，落在羚羊群的后面；它可能会迷路，四处徘徊，不知去哪儿才好。他总是忍不住想，也许在草原的下一道斜坡就可以看见它。

但是，等他来到下一个斜坡，他的眼前还是只有一片白茫茫的草原。王子平稳地迈着小步跑下斜坡，又一道斜坡出现在他们面前。

他回过头一看，发现小镇已经不见了。那群高高耸立的装饰墙和排烟管冒出来的缕缕青烟都消失了。除了一片白色的大地从脚下铺开，天空下就什么都没有了，只有寒风刺骨地吹着。

他并不害怕。他知道小镇在哪儿，只要天上有太阳、月亮或星星，他就能找到回家的方向。但是他突然感到一阵阵彻骨的寒冷，这种冷比寒风更让人难以承受。他觉得在这冰天雪地里，只有自己是唯一活着的人。在这广阔寒冷的世界中，他和马显得是那么孤立无助。

"嘘，王子！"他说，可是声音已经被不停刮着的风吹走了。接着，他觉得自己有可能会害怕，便鼓励自己说："没什么好害怕的。"他心想，我现在可不能转头回去，等跑到下一个斜坡顶上，我再回去。他把马缰勒紧了一点儿，以控制王子奔跑的速度。

等到了下一个斜坡顶上，他看见西北方的天际线处出现了一道乌云。突然，整个大草原似乎变成了一个陷阱，阿曼乐已经深陷其中难以逃离。就在这时，阿曼乐来不及害怕，就看见了远方的贵妃。

这匹棕色的马站在一片高地上，显得非常小，正在朝东边眺望。阿曼乐脱下手套，把两根手指放在嘴里，打了一个响亮的口哨。当年在明尼苏达州的农场，贵妃还是匹小马的时候，阿曼乐就是这样呼唤它的。王子伸长颈子发出的嘶鸣声也被吹散了，风还是一直没有减弱的迹象。贵妃还在原地站着，并没有看到他们。

幸运的是，贵妃很快转过身子，朝南方张望着，一下就看见了他们，风把它微弱的嘶鸣声带了过来。它扬起颈子和尾巴，飞奔而来。

阿曼乐耐心地等待着，贵妃跑上了附近的一个斜坡，它的嘶鸣声再次随风传来，他便掉转马头飞快地往镇里跑。低垂的云层已经落在了地平线下面，贵妃的身影在他身后若隐若现。

到了饲料店后面的马厩前，阿曼乐把王子牵了进去，仔细地给它擦拭着身子，然后在食槽里添加了一些草料，又给它打了些水喝。

这时，马厩的门发出"嘎吱"一声响，他跑上去打开门，迎接贵妃平安归来。它身上的汗水一直向下滴落，两肋处也在剧烈地起伏着。

阿曼乐急忙关上门，以防冷空气钻进来。然后他用梳子把贵妃两肋上的汗珠刷掉，再用一条毛毡盖在它身上，让它暖和起来。他又拿一块湿布往它嘴里挤水，这样可以湿润一下它的口腔。他给它按摩细长的腿，擦干腿上的汗珠。

"贵妃，你真了不起，居然追上了一群羚羊！你知不知道，你这样做好傻啊！"阿曼乐一边给它按摩一边和它说着话，"不管怎么样，我以后再也不会把你交给一个笨蛋骑了。你现在就好好休息一下，暖和起来，过一会儿我再给你吃东西喝水。"

爸悄悄走进厨房，一声不吭地把枪挂在钩架上。一家人都默默无言，谁也不愿打破这种沉默。卡琳失望地叹了一口气。吃不上肉了，黑面包上也不能抹肉汁了。爸坐在炉灶边，伸手烤着火。

过了一会儿，爸才说："福斯特看见羚羊高兴得晕头转向，根本等不及羚羊进入射程范围内，就从马背上跳下来，冒失地朝羚羊开了一枪，结果让我们白白地失去这么难得的一个好机会，整群羚羊都跑走了。"

妈往炉灶里加了一把干草棒。"没关系，反正羚羊到了这个时候，肉质也不会好吃的。"

罗兰知道羚羊必须扒开厚厚的积雪才能吃到下面的枯草，现在雪积得这么深，它们连枯草也吃不上，一定在忍饥挨饿，身上瘦得就剩下皮包骨，因此它们的肉一定又硬又瘦。尽管如此，那也是肉啊！她们一直吃着黑面包和土豆，早就烦了。

"阿曼乐的马也跑丢了。"爸说。他把贵妃跟着羚羊群一起跑掉的经过详细地讲给她们听。他还给卡琳和格蕾丝编了一个故事，讲述一匹漂亮的马跟着一群羚羊自由自在地跑向了远方。

"它永远都不回来了吗？"格蕾丝把眼睛睁得大大的，急切地问道。

"我也不知道。"爸说，"阿曼乐骑着马朝那个方向追去了，我不知道他回来没有。卡洛琳，趁你准备午饭的时候，我到饲料店里去看看他回来没有。"

饲料店里空荡荡的什么也没有，罗雷从后房探出头来，热情地说："请进，英格斯先生！你来得正好，来尝尝煎饼和咸肉吧！"

"我不知道你正在吃午饭。"爸说。他看了看正在火炉上热着的一盘。还有另一只盘子里放着三叠煎饼，罗雷还在继续做煎饼。桌子上放着糖蜜，咖啡壶正咕噜噜地冒着热气。

"我们什么时候饿了就什么时候吃。"罗雷说，"这就是做单身汉的好处，家里没有女人，就可以不用按点吃饭。"

"你们两个小伙子真幸运，运来了这么多生活物资。"爸说。

"嗯，反正当时要运一车饲料来，就想着不如也顺便带些吃的。"罗雷说，"现在我倒有些后悔，后悔当时没多拉几车东西来。在火车开通之前，就能把它们全部卖掉。"

"这一定不成问题。"爸表示赞同。他看了看这间舒适温暖的房屋，视线移向墙上挂着的衣服与马具上，最后他注意到后面墙上留出的空间，"你弟弟还没回来？"

"他刚到马厩里去了。"罗雷回答说。接着他惊叫起来："你快看！"他们看见贵妃驮着空马鞍，浑身冒着汗珠，飞快地从窗前经过，朝马厩跑去。

正当他们谈论着这次捕猎行动和福斯特胡乱开枪的事时，阿曼乐走了进来。他把马鞍扔在墙角，等以后擦干净再挂起来，然后走到炉灶边来烤火。随后，他和罗雷一起邀请爸在餐桌旁坐下来，和他们一起吃午餐。

"罗雷做的煎饼没有我做的好吃，"阿曼乐说，"但是这种咸肉可是非常难得的，没有谁家的能比上它。这是以前在明尼苏达州农场的苜蓿地上面拿谷物喂大的小猪的肉，又拿山核桃木自己熏制的。"

"请坐，英格斯先生，别客气，请随便吃，地窖里还多着呢。"罗雷热情地招呼道。于是，爸就坐了下来。

第二十一章
难熬的冬天

第二天早晨，太阳出来了，风也停了，所以大家都感到比较暖和。

"今天的天气真好啊！"妈一边吃早饭，一边说。

可是爸却摇了摇头。"但是有些不对劲啊！阳光也太强烈了。"他说，"我得尽快拉一车干草回来，要是又来一场暴风雪，我们屋子里必须准备足够的干草才行啊。"爸说完，便赶紧走了。

妈、罗兰和卡琳时不时透过结了霜的窗户向外看，一直密切关注着西北方向的天空。

直到爸回到家，太阳依然十分明亮。吃过黑面包和土豆之后，爸就匆匆赶到街对面去打听消息。

过了不久，爸愉快地吹着口哨，迈着轻快的步伐穿过前面的房间，来到厨房，激动地喊着："你们猜猜看，我带回来了什么？"

格蕾丝和卡琳跑了上去，着急地去摸爸的纸包。"感觉像是……像是……"卡琳不敢说出来，因为担心说错了而让大家失望。

"是牛肉！"爸高兴地说，"四磅牛肉！可以配着面包和土豆吃。"他把那个包递给了妈。

"查尔斯，你从哪儿弄来的啊？"妈惊讶地问道。

"福斯特把他家的公牛杀了。"爸说，"我正好赶到那儿，肉和骨头一下子全卖光了！只要两角五分一磅，我就买了四磅。有这些肉，我们就能过几天贵族般的日子了！"

妈拿着这些牛肉，说："我把牛肉好好煸一下，再放到小锅里去红烧。"

罗兰看着这些牛肉，禁不住流出了口水。她问："妈，你能不能再加点儿水和小麦粉做肉汁呢？"

"当然可以！"妈微笑着说，"这些肉我们可以吃上一个星期，到时候火车也该来了，对不对？"

妈说完看看爸，满脸的笑容一下子就消退了。"怎么了，查尔斯？"

"嗯……没什么事……"爸为难地说，"我真是不想告诉你……火车不能开过来了……"

听完这句话，大家一下都站了起来，看着爸。

爸继续说："铁路公司已经停开火车了，一直要等到春天才会开通。"

妈把双手向上一举，重重地跌坐在椅子上。"怎么可能啊，查尔斯？不可能的！今天才一月一号啊！"

"火车开不过来了。"爸说，"他们刚把道沟里的积雪挖出来，结果又来了一场暴风雪，堵住了火车的路。火车被卡在小镇与翠西沟之间。现在铁路上的积雪简直比火车还高，翠西沟的监工已经无法忍受了！"

"无法忍受了？"妈喊道，"可是这件事跟他的无法忍受有什么关系啊！他明明知道我们在这儿已经断了生活用品，那他认为我们还能靠什么活到春天？他有没有耐心都得对这件事情负责，让火车运行是他的责任啊！"

"不要生气，卡洛琳！"爸说道。他把手放在妈的肩膀上，于是妈渐渐平静了下来，双手也不再搓围裙。"你听我说，火车已经有一个多月没来了，我们不照样活得好好的吗？"

"说的也是。"妈说。

"只要熬过这个月，二月才二十八天，到了三月春天就来了。"爸鼓励大家说。

罗兰看了看那四磅牛肉，又想到所剩不多的土豆还有墙角那半袋小麦。

"爸，还有没有小麦啊。"罗兰小声问道。

"我不知道，罗兰。"爸的声音听上去有些古怪，"不过不用担心，我买了整整一袋小麦，还没用完呢！"

罗兰忍不住问："爸，你不能打到兔子吗？"

爸坐在炉灶旁，把格蕾丝抱在腿上。"过来，小丫头，"他说，"还有你，卡琳，也过来，我给你们讲故事听。"

他没有回答罗兰的问题，不过罗兰心里清楚答案是什么。在这片土地上，一只兔子也没有了。当鸟群朝南方飞去的时候，这些兔子也一定跑到南方去了。爸运干草的时候，从来不带枪，要是他哪怕看见一只兔子的脚印，也会带着枪的。

卡琳坐在爸的膝盖上，罗兰走了过去，爸用一只手臂搂住了她。爸像逗小时候的罗兰那样用胡须去扎格蕾丝的小脸蛋，格蕾丝痒得咯咯地大笑。她们靠在爸的臂弯里，炉火正发出温暖的热气，让她们都觉得非常舒适。

"现在听着，格蕾丝、卡琳和罗兰，还有玛丽和卡洛琳，你们也听着，这可是一个滑稽有趣的故事。"接着，他就给她们讲起铁路监督员的故事来。

监督员是东部人。他一直在东部的办事处工作，只对开火车的人和调度火车的人发号施令就行了。可是有一天，火车司机报告说，风暴和大雪已经把铁路封锁了。

"在东部，暴风雪可从来没有阻挡过火车通行。"监督员说，"你们必须保持这个地区西边的火车畅通无阻。这是命令！"

监督员虽然下了这样的命令，但是西部的火车还是不断地受阻停开，他接到报告说铁道沟里积满了雪。

"把沟道里的雪全部清除干净。"监督员命令说，"再增派一些人去，不管花多大的代价，一定要保持铁路畅通。"

于是，他们又增派了一些人手，花费高得惊人，可是火车仍然没法开通。

于是监督员说："我要亲自到那儿清理铁道。那些家伙需要有个人去教教他们，让他们看看我们在东部是怎么工作的。"

就这样，监督员坐着专车来到翠西沟。他穿着大都市的衣服，外面套着毛皮大衣，还戴着手套。"我亲自来这里指挥，"他说，"教教你们，怎样才能保持铁路畅通。"

尽管他如此傲慢，如果你了解他的话，就知道他心眼儿并不坏。他坐着工作车来到翠西沟，和工人们一起挤在雪堆里，像个优秀的工头那样指挥着大家。他以两倍的速度清除沟里的积雪，不到两天时间，就把铁路清理干净了。

"这样你们就明白该如何做事了。"他说，"明天就可以通车了，而且一直要保持火车畅通。"

可是就在那天夜里，暴风雪又袭击了翠西沟。监督员的专车在大风雪中没法开动。等到暴风雪停下来，翠西沟又重新堆满了积雪。而且，积雪的高度还超过了火车。监督员立即又带着一帮工人去干活儿，再次把积雪清除出来。这次花的时间更长了，因为他们必须清除更多的雪。这次，他终于把工作车开了过去，但是又被一场暴风雪给堵住了。

这位监督员有着锲而不舍的精神。他又带人去挖道沟里的积雪，把铁路清理出来，但是一点儿用处也没有，他刚刚清理干净，就又下起了大雪。就这样，他一直等待雪停。

这次，他下令调来了两组新的工人，还有两部装了犁雪机的火车头。他坐着第一个火车头来到翠西沟，那里的积雪已经堆得像一座小山了。道沟两旁的雪堤之间，塞满了暴风雪刮来的泥土和积雪，而且冻得硬邦邦的，足足有三四百英尺那么长。

"没关系，伙计们！我们用十字镐和铁锹把雪清除掉，然后把犁雪机开过来。"监督员说。

监督员让工人们争分夺秒地工作着，速度加倍，工钱也相应增加了一倍，就这样热火朝天地干了三天。铁道上大约还有十二英尺深的积雪，不过他已积累了一些经验，知道在两场暴风雪之间，除非有特别的好天气，否则很难碰到三个晴天。因此在第三天清晨，监督员对两位开火车头的司机下了命令，让他们把两个火车头连接在一起，把犁雪机装在前面，来到了翠西沟。两组工人又拼命地干了两个小时，铲除了两英尺的雪。随后，这位监督员下令让大家停止工作。

"现在，"他命令火车头司机说，"你们倒退两英里，然后加足马力往这边开。经过这段距离的加速，你们就可以以每小时四十英里的速度冲破积雪，轻而易举地穿过去。"

两位司机爬上了火车头。可紧接着，前面火车头上的司机又爬了下来。工人们正站在雪地上，使劲跺着脚让身子暖和起来，他们围了上来，想打听到底怎么了。司机走到监督员跟前，说："我不干了！我驾驶火车头已经有十五年了，从来没人说我是一个懦夫，但是，现在我不愿意接受这让我白白去送死的命令。监督员先生，你要让一个火车头用每小时四十英里的速度去撞冻结十英尺深的积雪，这怎么可能办到呢？你可以让别人去干，我可干不了，我宁可辞职不干！"

爸讲到这儿，停了下来。

"我觉得他并没做错。"卡琳说。

"他有错。"罗兰说，"他不应该辞职。如果他觉得这个办法行不通，可以想些别的办法，我猜他是害怕了。"

"就算是他害怕了，也应该服从命令冲过去。既然是监督员的命令，就一定没有错的，否则他怎么做监督员啊！"

"监督员的命令也未必都是对的，"罗兰说，"要不然他就有办法保持火车畅通了。"

"继续讲，爸，继续讲！"格蕾丝央求说。

"要说'请'，格蕾丝。"妈纠正她的说法。

"请继续讲。"格蕾丝说，"爸，后来怎么样了？"

"是呀，爸，这下监督员该怎么办才好呢？"玛丽问道。

"他把司机开除了，对不对，爸？"罗兰说。

于是，爸继续讲下去。

监督员看了看司机，又看看围观的工人，说："我也驾驶过火车头。我决不会命令任何人去做他不愿意做的事。好吧，就让我来开火车头吧！"

于是监督员爬上火车头。让火车倒退了两英里，直到火车头看起来比你们的大拇指还要小，然后他吹口哨示意后面的司机，他们都打开了蒸汽机。

两个火车头全速行进，越跑越快。火车头后面冒起滚滚煤烟，车头灯在阳光下显得又大又亮，车轮飞速地滚动着，时速达到了五十五英里，最后它们一头撞在了冻得坚硬的雪堆上！

"出……出了什么事，爸？"卡琳紧张得透不过气来。

雪就像喷泉一样冲向天空，然后一块块落在周围四十码远的地方。有那么一两分钟，大家什么都看不清了，没有人知道到底发生了什么。等工人们都围上去的时候，才发现第二辆火车头有一半被埋在了雪堆里，司机从火车头后面爬出来。他吓得呆若木鸡，幸好只受了一点点轻伤。

"咦？监督员在哪里？到底发生了什么事情？"大家问这个司机。

这个司机说："我怎么知道？我现在只知道我没有被撞死。我再也不会干这种事了，给我一百万美元我也不会干了！"

工头对大伙儿大吼大叫，叫他们赶快拿十字镐和铁锹来。他们把第二辆火车头周围的雪铲松，再把挖出的雪块扔到比较远的地方。司机把火车头倒出来，往后退了很远，好让出路来。工人们很快就挖到了巨大的块冰。原来，第一辆火车头全速前进，正面撞进了冰块里，被困在了里面。火车头的蒸汽和热力使周围的冰雪融化，但是雪水又很快结了冰。监督员就坐在被冻成了大冰块的火车头里，气得跟个大黄蜂似的！

格蕾丝、卡琳和罗兰都开怀大笑起来，甚至连妈也被逗乐了。

"可怜的人啊。"玛丽说，"我觉得这一点儿也不好笑。"

"我觉得太好笑了。"罗兰说，"我想他现在不会觉得他什么都懂了。"

"骄傲的人最容易失败！"妈说。

"继续讲下去，爸，他们把监督员挖出来了？"

于是，爸继续讲下去。

是的，他们不断地朝下挖，把冰凿开，一直挖到火车头那里，把监督员拖了出来。他没受伤，火车头也完好无损，是犁雪机承受了全部的冲击力。监督员从道沟里爬出来，回头朝第二辆火车头的司机走去。他问道："你能把它倒出来吗？"司机说应该没问题。

"好吧，你把它倒出来。"监督员说。他站在那儿，看着他们把火车头倒出来，然后他对手下的工人们说："好了，大家都上车吧。我们暂时停工，等来年春天的时候再开工。"

"你们看，孩子们，"爸说，"问题就是没有足够的耐性。"

"也没有毅力。"妈补充说。

"对，没有毅力。"爸赞同妈的观点，"仅仅是因为没法用铲子或犁雪机清除铁道上的积雪，他就无计可施，放弃努力了。好吧，他是东部人。要是在西部的话，就需要绝对的耐心和不屈不挠的精神才行。"

"他是什么时候停工的，爸？"罗兰问。

"今天早晨，消息是用电报传过来的。翠西的报务员把事情的经果都告诉乌渥兹了。"爸说，"现在我得赶在天黑之前把杂活儿做完。"

于是，爸搂着罗兰晃了晃，然后把格蕾丝和卡琳从膝盖上抱了下来。罗兰明白爸的意思，因为她已经长大，遇到困难时要和爸妈一起面对。所以，她不能够表现得很焦虑，必须打起精神，鼓舞大家。

所以，当妈一面给格蕾丝脱衣服，一面唱着歌让她入睡时，罗兰也跟着妈愉快地唱了起来：

啊，迦南，光明的迦南，

我要去……

"唱呀，卡琳！"罗兰催促道，所以卡琳也跟着唱了起来，接着玛丽甜美的女高音也加入了。

我站在暴风雪的约旦河岸边

满怀希望地眺望着远方，

眺望着充满光辉的迦南之国，

在那里，有我的土地和宝藏，

啊，迦南，光明的迦南，

我一定要去令人神往的迦南……

橙红色的夕阳给结了霜的玻璃窗涂上了美丽的色彩。大家坐在暖和的厨房里，准备脱衣服睡觉，一抹微红的光投射进厨房。可是罗兰突然觉得风声和刚才有些不同，声音变得非常可怕。

妈把她们在被窝里安顿好，就到楼下去了。这时候罗兰感到暴风雪正使劲地摇晃着房子。她们在被子里紧紧地缩成一团，浑身颤抖地听着暴风雪的怒吼。罗兰想到镇上的每一栋房子在一片白茫茫之中是那么孤立无援，丝毫看不清楚外面的世界。镇上有那么多户人家，可是彼此都看不见灯光。整个小镇完全孤立在这个漫天风雪、一望无际的大草原上。只有雪在飞舞，风在咆哮，飞旋的暴风雪把星星和太阳都吹得不见踪迹了。

罗兰尽量去想明天中午要吃的黄褐色的牛肉，想象着它的香味，但是她没办法不去想这个小镇和这栋房子，在春天来临之前，它们完全是孤立的。

现在，他们还有半袋小麦可以磨成面粉，还有一点儿土豆，可是在火车到来之前，就再也没有别的东西可以吃了。这些小麦和土豆远远不够撑到春天来临啊！

第二十二章
寒冷与黑暗

这场暴风雪似乎永无休止，虽然偶尔会放晴，但是不久它就以更凶猛的气势从西北方向扑过来。整整三天三夜，尖厉呼啸的风声夹杂着冰雪狂舞的声音，一直无休止地拍打着寒冷黑暗的小屋。

随后太阳出来了，但只有上午半天的时间，到了中午，狂怒的风和冰雪又再次席卷而来。

在寒冷的夜里，罗兰会在睡梦中梦见屋顶被风刮得只剩薄薄的一层。暴风雪像天空一样无边无际，它面目可憎地紧紧贴在屋顶上，用一块肉眼看不到的大布在屋顶上不停地擦啊擦，直到擦出一个大洞来，然后朝着罗兰尖声大叫，发出得意的笑声，把飞旋的雪花直吹到屋里。罗兰吓得惊跳起来，这才从噩梦中醒来。

罗兰不敢再睡，一动不动地躺在黑暗中。以前她总觉得黑夜对她十分友善，能让她获得充分的休息，但是现在却变成了令人害怕的东西。她从来不怕黑暗，她一次又一次地告诉自己："我不怕黑暗！"但是，她总觉得只要黑暗能听到她的动静和呼吸，就会张牙舞爪地来抓她。黑暗也许正躲在墙壁里面，听着她的一举一动。

166

白天就不会那么吓人了，因为白天所看到的一切，都是罗兰常见的东西。

厨房里和耳房里都是一片昏暗。玛丽和卡琳必须不停地轮流转动咖啡磨。妈做面包，打扫屋子，给炉灶添柴火。罗兰和爸在耳房拧着干草棒，直到他们的手冻得握不住干草为止，才回到炉火旁烤烤手。

干草棒散发出来的热量根本不能驱散厨房里的寒气，不过炉灶附近的空气还是暖和的。玛丽抱着格蕾丝坐在烤箱前面，卡琳站在排烟管后面，妈的椅子靠在炉灶的另一边。爸和罗兰俯身靠在炉灶上方，在冒上来的热气中取暖。

爸和罗兰的双手冻得通红发肿，还有很多被干草划破的伤痕。干草把他们大衣的左肋袖子的下面都划破了。妈把划破的地方补好，但是不久之后，干草又把补丁划破。

早餐吃的是黑面包。妈把面包片烤得酥脆，再泡到红茶里吃。

"你想得真周到，查尔斯，准备了这么多茶叶。"妈说。家里还有很多茶叶，而且还有一些糖来调茶。

午饭，妈煮了十二个带皮的土豆。小格蕾丝只需要吃一个，其他人都吃两个，剩下的最后一个，妈坚持要爸吃掉。"这些土豆都不大，查尔斯，"她说，"你得保持体力，反正我们已经吃不下去了，对不对，孩子们？"

"不要了，妈。"她们都这么说，"不，爸，我真的不要了。"的确，她们并不怎么饿，但是爸饿了。当他沿着晒衣绳从暴风雪中挣扎着回家，用一种饥饿而迫不及待的眼神看着黑面包和热乎乎的土豆时，大家就知道爸饿了。其他人只有厌倦，厌倦了这种风，这种寒冷，这种黑暗，厌倦了黑面包和土豆，厌倦了单调乏味和了无生气的生活。

　　每天，罗兰都会抽出一点儿时间来看书。在拧够了可以烧一个小时的干草棒之后，她就会走到炉灶和饭桌之间，靠着玛丽坐下，然后打开课本。但她总觉得脑子里很迟钝，昏昏沉沉的，连历史知识都记不住。她用手支着下巴，看着石板上写的一个问题发呆，可是看了半天，也不知道答案，于是索性不再去想了。

　　"孩子们！我们可不能无精打采啊。"妈说，"打起精神来，罗兰和卡琳！赶快把功课做完，然后我们来娱乐一下。"

　　"怎么娱乐啊，妈？"卡琳问道。

　　"你们先把功课做完。"妈说。

　　等把功课一做完，妈便拿出自修读本第五卷。"现在，"她说，"我们来看看你们凭记忆能背多少出来，玛丽，你先来，你打算背哪一段呢？"

　　"雷古拉斯将军的演讲词。"玛丽说。妈翻开书页，把这一段找出来。紧接着，玛丽就开始背诵起来：

　　毫无疑问，你们总是以自己的行为来衡量罗马人的品德，所以我宁可违背自己的誓言，也不会向你们报复！

　　玛丽能够完整地把这段挑战词背出来：

　　我可以在你们的首都向你们挑战！自从我年幼第一次可以挥舞起长矛，难道我没有征服你们的军队，烧毁你们的城池？就连你们的将军不也被我用战车的轮子拖着走吗？

　　厨房似乎一下变得宽敞而明亮了。即使是暴风雪也没有这段演说词激烈。

"你背得太好了，玛丽！"妈夸奖她，"现在，该罗兰了。"

"老杜巴尔·该隐。"罗兰开始认真地背诵起来，同时不由自主地站立起来，好让自己能够完美地背诵老杜巴尔·该隐那掷地有声的诗句。

在这片天地还非常年轻的时候，
老杜巴尔·该隐拥有超强的力量，
他的火炉闪耀着灼热的红光，
他的铁锤发出了砰砰巨响……

罗兰还没背完，爸就走进来了。"继续。"爸说，"听到你的背诵，我觉得比烤火还要温暖。"于是罗兰满怀激情地继续背下去。爸脱下冻得硬邦邦的大衣，在炉火旁俯下身子，让冻结在眉毛上的冰雪融化掉。

歌唱吧，为老杜巴尔·该隐歌唱！
他是我们最忠实的朋友，
为了他打造的犁头，
我们应该赞美他，
可是当压迫抬起了头，
独裁者做了主人，
虽然我们要感谢他的犁头，
但我们也不会忘了那些刀剑！

"你把每个字都记得清清楚楚，罗兰。"妈一边说一边合上书，"明天轮到卡琳和格蕾丝来背书。"

接下来，又到了拧干草的时候。罗兰一边发抖地拧着干草，一边想着更多的诗句。明天下午也会同样有趣，因为第五卷读本里充满了感人肺腑的演讲词和美丽的诗句。她多么希望能像玛丽那样记得那么多，那么完整。

暴风雪偶尔也会停下来，旋风会变成直吹的微风，尽管空中还是会有飞雪，但天气逐渐晴朗起来，每当这个时候，爸都会去外面运干草。

罗兰和妈也迅速洗好了衣物，把它们晾到户外去晒干。谁也不知道暴风雪什么时候来。云团随时会涌上天空，简直比马跑得还快。爸离开镇上去草原，是很不安全的。

有时，暴风雪会停止半天。有时，从早晨到傍晚，阳光都一直照耀着，可是到了夜里暴风雪就会袭来。遇到这样的好天气，爸就会拉回三车干草。在等着爸把马牵到马厩之前，罗兰和妈一声不吭地工作着，时不时地抬起头看看天空，听一听有没有风声。卡琳则在玻璃窗上刮出一个小孔，默默地看着西北方向。

爸经常会对她们说，要是没有大卫，他什么也做不了。

"它真是一匹好马，非常有耐性。能拥有它，可真是我的福气啊！"爸说。每次大卫掉进雪洞里，它总会温驯地站在原地一动不动，一直等到爸把雪铲开，把它拉上来，接着它会迅速地拖着雪橇绕过雪洞，继续向前走，直到它又陷进雪堆里去。

"要是我有玉米或燕麦的话，一定会拿给它吃。"爸说。

当狂风又开始咆哮，飞雪再次扑打而来的时候，爸会说："好了，因为大卫的帮忙，我们暂时不会缺干草用了。"

幸亏有晾衣绳牵引着爸去了马厩又平安地返回屋里。家里有干草，还有一点儿小麦和土豆。当暴风雪再次袭来时，爸已经安全地待在家里，不用再出门了。

每到下午，玛丽、罗兰和卡琳就朗诵诗。甚至连格蕾丝也会背诵《玛丽的小绵羊》和《躲猫猫丢了羊》。

每当罗兰给她们朗诵诗时，她很喜欢看格蕾丝和卡琳那兴奋得发亮的蓝眼睛。

我的孩子们，你们将会听到，

保罗·雷弗里午夜骑马出行的事，

那天是一八七五年四月十八日，

如今能够记得这个日子的人，

几乎已经没有了。

她和卡琳都特别喜欢一起背诵《天鹅湖》：

小艾莉独自坐在山毛榉树丛中，

小溪边，草地上，

树叶如雨点儿般飘落在树荫下，

落在她闪亮的头发和脸上

……

诗里描绘的景色静谧而温馨，阳光洒在草丛中，澄清的溪水欢快地唱着歌，树叶沙沙作响，草地上的小虫发出懒洋洋的嗡嗡声。她们跟随小艾莉来到了那个美好的世界中，几乎忘记了寒冷，也听不到怒吼的风声和飞舞的雪花拍打墙壁的声音了。

在一个寂静的早晨，罗兰下楼时发现妈的脸上露出惊讶的表情，爸则哈哈大笑着。"到后门旁去看看！"他告诉罗兰。

罗兰穿过耳房，打开了后门，看见灰白色的雪堆里开出了一道粗糙低矮的隧道，里面非常幽暗。这条隧道一直通到马厩，隧道内的地面、墙壁都是雪做成的，雪做的顶部紧紧贴在房门口。

"今天早上我得像地鼠那样爬到马厩里去。"爸说。

"爸，你是怎么用雪来做隧道的啊？"罗兰好奇地问。

"我只要把隧道做得尽量低，确保能够钻过去就行了。先把雪挖起来，堆到我身后，一直堆到可以做成一个洞，这么慢慢地往前挖，最后挖出的雪可以把洞封住。没有比冰雪更好的防风材料了。"爸高兴地说，"只要这个雪堆不塌下来，我就可以舒舒服服地钻过去干杂活儿了。"

"雪有多深？"妈问。

"我也不太清楚，我只知道雪堆得比耳房还要高。"爸回答。

"你的意思是说房子已经埋在雪堆里了？"妈惊叫起来。

"这样不是挺好吗？"爸说，"你没有注意到厨房比前些天要暖和得多吗？"

罗兰跑上楼，在窗户上刮开了一个小孔往外张望。她几乎不相信自己的眼睛。街道上的积雪几乎与她的视线齐平了。

她突然听见一声欢呼，接着看到一些马奔驰过去。一共八匹马的灰色蹄子，纤细的棕色脚踝迅速地一弯一直，从她眼前掠过，后面还跟着一辆大雪橇。她蹲下来想要看个究竟，可是雪橇很快就过去了，只看见天空中炫目的阳光。她从楼上跑回温暖的厨房，把她看到的情景告诉了大家。

"是怀德兄弟。"爸说，"他们去拉干草了。"

"你怎么知道的，爸？"罗兰问道，"我只看见了马蹄，还有皮靴。"

"镇上除了我和他们两兄弟外，恐怕再也没人敢去小镇外面了。"爸说，"大家都害怕暴风雪随时会袭来。怀德兄弟正忙着把干草从大沼泽处运到镇上来，每车卖三块钱。"

"三块钱！"妈惊呼。

"是啊，不过比起他们要承担的危险，这个价格已经很合理了。他们冒险干这事还是挺赚钱的，我要是能去就好了。可是他们自己有木炭烧。只要我们有足够的干草用我就心满意足了，更别提拿去卖了。本来没打算用干草来当冬天的燃料的。"

"他们走过去的时候有房子那么高！"罗兰惊叹道。她显得十分兴奋，就像土拨鼠似的，竟然在眼前看到了马蹄、雪橇和皮靴，这实在是一次很独特的体验。

"他们不会陷进雪洞里吗？"妈问。

"不会的。"爸狼吞虎咽地吃着烤面包，喝着茶，"风已经把雪吹得像石头那样硬了，就连大卫踩在上面都不会留下一点儿痕迹呢！唯一的麻烦是有草丛的地方下面是空的。"

爸急匆匆地穿上大衣，围上围巾。"这两个孩子今天早晨比我抢先了一步，我早上一直忙着挖隧道了。现在我得把大卫从马厩里挖出来，趁着有太阳，赶紧拖些干草回来。"说着，爸关上房门，走了出去。

"你爸挖出那条隧道，心情一下舒畅多了。"妈说，"这样他就能避开暴风雪，干杂活儿的时候也就少受些苦，真是谢天谢地。"

那天，她们透过厨房的窗户根本看不见天空，积雪阻挡了她们的视线，也阻挡了冷空气进入屋子。所以罗兰把玛丽领到耳房，教她拧干草棒。玛丽一直想学拧干草棒，可小屋里实在是太冷了。她看不见罗兰是怎么拧干草，怎么压住干草束，怎么把草束的两端拧紧的，所以罗兰就多花了一些时间来教她，不过最终玛丽还是学会了，而且做得非常好。她们做了足够燃烧一整天的干草棒，只停下来几次去休息烤火。

没过多久，厨房里便十分暖和了，大家就不用再围在炉灶旁了。屋子里十分安静，只有妈和玛丽的摇椅声，石笔在石板上划动的声音，还有烧水壶悦耳的呼呼声。

"雪积得这么深真好啊。"妈说。

可是她们没法看见天空。不过即使看见又能怎么样呢？假如低垂的乌云飞一般涌过来，她们也只能眼睁睁地看着，毫无办法，更帮不了爸的忙。但如果爸看到了的话，应该会很快跑到安全的地方去躲躲吧。不过，虽然是这样想，罗兰还是忍不住匆匆跑上楼，透过窗户往外张望。

等她一下楼，妈和卡琳就抬起头来，焦急地望着她，她大声地告诉她们，让玛丽也能听到："天空十分晴朗，没有任何动静，只有雪地上闪烁着无数亮光，甚至没有一丝风吹过。"

那天下午，爸穿过隧道，拖回来许多干草，耳房再次堆得满满的。他已经把隧道挖到马厩那边了，这样大卫就能走出来。隧道经过马厩后，变成了一个弧度拐弯，防止寒风吹进去。

"我从来没见过这样的天气，"爸说，"气温差不多低于零下四十摄氏度了，一丝风也没有，整个世界都好像冻结了。我倒希望这种低温一直持续下去，因为钻过隧道去做杂活儿，一点儿也不吃力。"

第二天，天气仍是这样，非常安静、沉寂和温暖，像是一个永远不会醒来的梦，又像时钟单调乏味的嘀嗒声一样。当时钟准备敲响时，罗兰被这突如其来的声音吓得从椅子上跳了下来。

"别紧张，罗兰。"妈喃喃的话语让罗兰恍惚觉得自己也陷入了半睡半醒的状态里。那一天，她们什么也没做，只是呆呆地坐着，连诗歌也没背。

那天夜里也是寂静无声。但是第二天早上，天地完全变了！

他们被一阵狂暴的声音吵醒了。狂风又刮了起来，漫天飞舞的大雪飘落下来。

"啊，隧道很快就要垮了。"爸进屋的时候说。他的眉毛上结了一层白霜，大衣和围巾都冻得硬硬的。寒气又把温暖逼到炉灶旁边去了。"我本来以为隧道能支撑过去呢，这该死的暴风雪，就只停了吐口水那么短的时间又来了！"

"不许骂，查尔斯！"妈严厉地说，紧接着，她又连忙用手捂住了自己的嘴巴，"查尔斯，对不起，我并不是有意要这么对你说话。可是这场暴风雪一直下个不停……"她的声音渐渐小了下去，愣在那儿静静地听着外面的风声。

"我知道，卡洛琳，"爸说，"我知道你的感受。你心里已经够烦的了。这样吧，吃过早饭，我们来念一会儿利文斯顿的《动物世界奇观》。"

"真糟糕，今天早晨我烧了很多干草棒，查尔斯。"妈说，"为了让这里暖和一些，我不得不多烧一些。"

"没关系，再拧一些干草棒就是啦。"爸说。

"我会帮忙拧的，爸。"罗兰说。

"不用着急，我们有整整一天的时间呢。"爸说，"马厩已经打扫好了，天黑之前，我再去看看就可以了。我们先来拧一些干草棒，然后再念书。"

格蕾丝开始哭闹起来："我的脚好冷啊！"

"真羞，格蕾丝，这么大了还要哭，自己去烤烤脚！"罗兰告诉她说。

"来吧，格蕾丝，坐在我的腿上烤脚。"玛丽说，她摸索着向炉灶前的摇椅走去。

罗兰和爸拧了一大堆干草棒，再把干草棒堆在炉灶旁边，然后卡琳拿出爸的那本绿皮大书。

"你念一念狮子的故事吧，爸。"卡琳恳求道，"我们可以把风声当作狮子的吼声。"

"卡洛琳，我觉得得点上灯才行啊！"爸说，"这些字太小了，我看不清楚。"

妈点亮了纽扣灯，放在他旁边。

"现在，"爸说，"这里就是非洲丛林的夜晚，这盏闪烁不定的灯就是我们的营火。我们的四周聚集着各种动物，它们在嘶叫、咆哮、怒吼，有狮子、老虎狼，我猜想还有一两只河马。它们不敢靠近我们，因为它们十分害怕火。你们可以听到大树叶在沙沙作响，还有怪鸟的鸣叫。这是一个漆黑、闷热的夜晚，头顶上可以看到巨大的星星。下面，我就给你们说一说在这里发生的有趣故事。"爸说着便开始念起书来。

罗兰努力想去听，可是她的脑子晕晕的，一片空白。暴风雪无休无止地喧闹，那些肆虐的风声将爸的声音吞噬进去。她觉得只有等暴风雪停止了，她才能去做其他事，才能够去听、去思考。可是暴风雪好像在这儿扎了根，始终不肯离开。

她感到非常厌烦。她厌倦了寒冷和黑暗，厌倦了黑面包和土豆，厌倦了拧干草、磨小麦，洗碗碟、整理床铺，也厌倦了这种醒了睡、睡了醒的生活。她厌倦了暴风雪中的狂风，没有任何音调，只有一团混乱的噪声撞击着她的耳膜。

"爸，"罗兰突然打断了爸的念书声，"你可以拉拉小提琴吗？"

爸惊讶地看了一眼罗兰，然后把书放下。"好啊，罗兰，"他说，"如果你想听的话，我就拉给你听。"

他把双手打开，然后再合拢，轻轻地揉了揉手指，然后接过罗兰从炉灶后面的地板上拿过来的小提琴盒子。

爸给琴弓抹上松脂，然后把小提琴夹在肩膀与下巴中间，用琴弓轻着琴弦，望着罗兰。

"拉《邦尼冬》吧。"罗兰说。爸就一面拉着琴一面唱了起来：

邦尼冬的山坡和河堤，

为什么如此清新美丽？

但是爸拉出来的每一个调子似乎都有点儿不对劲。爸的手指十分笨拙，曲调有点儿拖沓，突然，一根琴弦断掉了。

"我的手指在严寒的天气中冻得太久了，已经麻木僵硬了，我拉不了琴了。"爸有些为难地说，接着就把小提琴放进盒子里。"把它放好，罗兰，以后再拉吧。"

"查尔斯，请你帮我一下，我需要更多的小麦粉来做面包。"妈说。她从玛丽手里接过咖啡磨，把磨好的小麦粉倒出来，再往小漏斗里加一些小麦，然后把磨递到爸手里。

妈从炉灶下面取出发酵粉，搅动几下后，倒出两杯放进锅里，又加了些盐和小苏打，再把玛丽和卡琳磨好的麦粉倒进去，然后她从爸的手里拿过咖啡磨，把他磨好的小麦粉倒进锅里。

"刚好够做一顿面包。"她说，"谢谢你，查尔斯。"

"我得去把杂活儿干完，天一会儿就黑了。"爸说。

"我会准备好热腾腾的晚餐等你回来的。"妈说。爸穿上大衣，走进了暴风雪里。

罗兰一边听着风声，一边茫然地瞪着模糊一片的窗户。最糟糕的事情就是爸不能拉小提琴了，这真叫人难过啊。如果不是她让爸拉小提琴，爸也许还不知道他已经不能拉小提琴了呢。

妈坐在炉灶旁的小摇椅上，卡琳靠在她身旁，玛丽坐在妈的对面。妈抱着格蕾丝慢慢地摇着，轻轻地哼唱着：

> 我要给你唱一首歌，
>
> 歌唱那个美丽的地方，
>
> 那是灵魂的故乡。
>
> 海滩上闪烁着光芒，
>
> 那儿没有狂风暴雨，
>
> 永恒的岁月在静谧中逝去……

哀伤的歌声和如泣如诉的风声混合在一起，黑夜悄然而至。雪花在天空中旋转着，黄昏的颜色越来越暗了。

第二十三章
夹墙里的小麦

早晨，积雪消失了。罗兰在楼上的玻璃窗上刮出一个小孔向外看，看到积雪已经不见了，露出了光秃秃的土地。被风刮起来的雪像云雾一般横扫过地面，街面上露出坚硬的土地来。

"妈！妈！"她兴奋地叫起来，"我可以看见地面了！"

"我知道，"妈说，"昨天晚上风把雪都刮走了。"

"现在是什么时候啊？我的意思是说，现在是几月？"罗兰有些迷糊地问。

"现在是二月中旬。"妈回答。

那么，春天比罗兰想象的还要近了。在一年当中，二月是最短的，三月就是春天了。那时火车就会开来了，他们就能吃上白面包和肉了。

"我讨厌老是吃黑面包。"罗兰说。

"不要发牢骚，罗兰。"妈立刻纠正她说，"永远不要抱怨你现在拥有的一切，要记住你拥有它们是非常幸运的。"

其实罗兰并没有抱怨的意思，可她又不知道怎么来表达她心中的真实想法。她只好温顺地说："好的，妈。"她看了看放在墙角的那个装小麦的袋子，吓了一跳。那个口袋瘪瘪地堆在那里，就像个空口袋一样。

"妈！"她惊叫起来，"难道……"爸总是说，她不应该害怕任何事情。于是，她平静地问道："妈，袋子里还有多少小麦？"

"我想够今天磨的了。"妈说。

"爸不能再买一点儿回来吗？"罗兰问。

"不能，罗兰，店里已经没有小麦了。"妈小心翼翼地把一片片面包放进烤箱里，准备做早餐。

罗兰打起精神，又平复了一下自己的情绪，问道："妈，我们会挨饿吗？"

"我们不会挨饿的，"妈回答说，"如果实在迫不得已，爸会把艾伦和小牛犊杀了。"

"啊，不！不！"罗兰惊叫起来。

"安静点儿，罗兰！"妈说。卡琳和玛丽正走下楼来，准备到炉灶旁穿衣服。妈上楼把格蕾丝抱了下来。

爸一整天都忙着拉干草，偶尔回屋子来烤火，他说晚饭之前要去福勒先生的店里打听一下消息。爸回来的时候给大家带来了一些消息。"镇上有个传言，说在往南或者东南方向距离这儿二十英里地方，有一个拓荒者去年夏天种了一些小麦，"他说，"如今他正在自己的农地小屋里过冬。""

"这是谁说的啊？"妈问。

"只是一个传言，"爸说，"几乎每个人都在这么说。我觉得最有可能传出这个话的是福斯特。他说他是从一个铁路工人那里听说的。那个人说，去年秋天有个人路过这里，提到那个拓荒者开垦了十英亩 ① 的小麦地，每亩田大概可以收获三十到四十袋小麦。想想

---

① 　1 英亩 =6.0720 市亩。

看，总共有三四百袋小麦，而且就在距离我们二十英里的地方！"

"我想你不会为了一个根本不可靠的传言跑到那儿去吧？"妈轻声问道。

"换成谁都会这么做的。"爸说，"如果有两天晴朗的天气，并且地面上的积雪还可以承受住我的雪橇的话，就可以赶到那儿，而且……"

"不行！"妈说。

爸吃惊地望着她，孩子们也看着她。他们从来没见过妈这个样子。她看上去十分安静，但是却透出一种可怕的力量。

她平静地说："我说了，不行。你不能去冒这个险。"

"为什么……卡洛琳？"爸说。

"出去运干草就已经够危险的了，"妈说，"你不能再跑到更远的地方去寻找那些小麦了。"

爸温和地说："要是你担心我，我是不会去的。可是……"

"没什么可是的，"妈仍然坚定地说，"这次我坚决不同意。"

"好吧，那就这样吧。"爸只好妥协了。

罗兰和卡琳互相看了看对方。她们觉得好像雷电突然击在她们身上，转眼间又消失了。妈的双手颤抖着，给大家斟茶。"查尔斯，对不起，我把茶倒在外面了。"她说。

"没关系。"爸说。他把洒到碟子里的茶又倒回杯子里，"以前，我还总是把茶倒进碟子里凉一凉再喝呢。"

"我担心火要灭了。"妈说。

"不是火灭了，而是天气更冷了。"爸说。

"不管怎么说，你都不能去。"妈说，"你走了，杂活儿没人做，也没人去拖干草了。"

"你说得对，卡洛琳，你永远都是对的。"爸安慰着妈，"我们就靠现有的东西撑下去吧。"接着他瞟了一眼放在墙角的小麦袋子。但是一直到他干完杂活儿,又拧了很多干草棒之后,都没再开口说话。他把一堆干草棒抱进屋里放在炉灶旁,然后伸出手烤着火。

"小麦用完了,卡洛琳?"爸问道。

"是的,查尔斯,"妈回答"不过早餐还有面包吃。"

"土豆也没有了?"

"好像每样东西都快用光了,"妈回答说,"不过我还留了六个土豆明天吃。"

"牛奶桶在哪儿?"爸问道。

"什么?"

"我到街上去看看,需要用牛奶桶。"爸说。

罗兰把牛奶桶递给他,忍不住问道:"镇上有牛奶吗,爸?"

"没有,罗兰。"爸说完就从前门走了出去,随后便传来关门声。

阿曼乐和罗雷正在吃晚饭。阿曼乐把浇了褐色糖浆的煎饼叠放在一起,他做了很多煎饼。罗雷已经把他那叠煎饼吃了一半,阿曼乐面前的盘子也快空了。爸敲门的时候,桌子上还放着高高一叠煎饼,一共有二十四张呢,融化了的褐色糖浆顺着上面滴下来,还没有被人动过一下。罗雷起身去开门。

"请进,英格斯先生,坐下来跟我们一块儿吃些煎饼吧。"罗雷热情地说。

"不了,谢谢!你能不能卖些小麦给我?"爸一边走进来一边说。

"实在是抱歉,"罗雷说,"我们已经卖光了。"

"全都卖完了?"爸问。

"全卖完了。"罗雷说。

"我愿意付高一点儿的价钱。"爸说。

"我要是能多运一车小麦来就好了。"罗雷说,"不管怎么样,既然来了,就坐下来和我们一起吃晚饭吧。阿曼乐总是说自己做的煎饼特别好吃。"

爸没有说话。他走到房间尽头的那道墙旁,取下挂在木钉上的一副马鞍。阿曼乐惊叫起来:"嗨!你在干吗?"

爸把牛奶桶口紧紧地贴在墙壁上,把堵在那个树节洞里的木塞拔出来,一股小麦哗的一声流进了牛奶桶里。

"我要向你们买点儿小麦。"爸回答阿曼乐。

"喂,那是我的小麦种子,我不卖的!"阿曼乐语气十分坚决。

"我家里没有吃的了,必须要买一些。"爸又说了一遍。小麦不断地涌进桶里,从越堆越高的堆顶滑下来,掉落在桶的边缘处发出清脆的响声。阿曼乐愣在那儿看着他。过了一会儿,罗雷便坐下来。他把椅子往墙上一靠,双手插进口袋里,望着阿曼乐咧嘴笑着。

等牛奶桶装满后,爸把木塞塞回树节洞里。他伸出拳头把木塞牢牢地打进去,然后敲了敲墙的上方和四周,仔细听了听声音。

"你这里还有不少小麦呢。"爸说,"现在我们来谈价钱吧,这桶小麦你准备收多少钱?"

"你怎么知道里面有小麦?"阿曼乐很好奇。

"房间的里面和外面看上去不相称,"爸说,"里面足足短了一英尺 ①,另算上两英尺乘四英尺的壁骨,说明房间里有个十六英寸宽的暗道。只要有眼睛的人都能看出来。"

"真该死!"阿曼乐说。

"我注意到了那个树节洞的木塞,是上次你去猎羚羊,从墙上

———————
① 1 英尺 =0.3048 米。

取下马鞍时被我发现的，因此我就猜想你在里面藏了谷物，只有谷物才会穿过树节洞流出来。"

"镇上还有其他人知道吗？"阿曼乐问。

"据我所知还没有。"爸说。

"听我说，英格斯先生，"罗雷说，"我们知道你们家的小麦吃光了，但那是阿曼乐的小麦种，不是我的，不过他也不会眼睁睁地看着别人挨饿而不管的。"

"这是我的小麦种子啊，"阿曼乐解释说，"是上好的种子。谁也说不准春耕前种子能不能及时运来。当然，我也不希望看到任何一个人挨饿，大家还可以选择去小镇的南边找小麦呀。"

"在东南方，我也听说了。"爸说，"我自己也想去看看，可……"

"你不能去。"罗雷说，"如果你被暴风雪困住了，谁来照顾你的家人啊？再说，万一路上耽误了或碰上些什么意外情况，那可怎么办啊？"

"你们还没说这些小麦我该付多少钱呢。"爸说。

阿曼乐挥了挥手表示不必了。"邻里之间拿点儿小麦算什么呢？你尽管拿去好了，英格斯先生。赶快坐下来尝尝煎饼吧，一会儿就该凉了。"

不过爸坚决要付钱给他。经过一番商谈，阿曼乐要了两角五分钱，爸把钱付给他，然后他接受了他们的邀请，在餐桌旁坐下来。他拿起那叠没动过的煎饼的最上面的一块，然后从下面取了几块还热着的煎饼，上面浇满了褐色的糖浆。罗雷从煎锅里叉了一块金灿灿的火腿肉放到爸的盘子里，阿曼乐则给他的杯子斟满了咖啡。

"你们的日子过得真奢侈啊。"爸感慨道。

这种煎饼可不是普通的煎饼，是阿曼乐按照他妈妈的做法做的，做出来的煎饼薄薄的，融化的糖浆全都渗进去了。火腿肉是用糖腌制后，再用山胡桃木烟熏而成，是明尼苏达州的特产。"这是我吃过的最好吃的煎饼了！"爸由衷地赞美道。

他们谈论着天气、打猎、政治、铁路和农业的话题。爸离开的时候，罗雷和阿曼乐都热情邀请他以后常来玩。

"现在既然你已经知道我们的秘密了，英格斯先生，那以后就请常来坐坐吧！"罗雷说，"阿曼乐和我做伴都有点儿腻了。你有空就过来找我们，我们随时欢迎你的到来！"

"我会常来的！"爸回答说，突然他停止了说话，仔细倾听着。阿曼乐和他一块儿走进寒冷的风中，天上的星星在闪烁，但是在西北方向迅速涌起了一片黑云，很快，星星就不见了。"它又来了！"爸说，"我想暂时谁也不敢出门了。我得快点儿走了，这才有可能在暴风雪来临前赶到家。"

爸前脚刚到家，暴风雪便骤然而至，所以没人听见他进屋的声音。不过她们并没有担心多久，因为爸一进门就赶快走到了厨房，大家都坐在黑乎乎的厨房里等他。她们紧靠在炉灶旁，所以身子很暖和，不过罗兰的心却在发冷，她在为爸担心，暴风雪来了，可他在外面还没有回来。

"这些小麦够我们吃一些天了，卡洛琳。"爸说着把那只装着小麦的牛奶桶放在她身旁。妈伸出手摸了摸那些麦粒。

"查尔斯，查尔斯，"妈激动地摇着椅子说，"我就知道你会为我们弄到粮食的。不过这些小麦从哪儿弄来的啊？我还以为镇上一粒麦子也没有了呢。"

"刚才出门的时候，我也没有把握，要不然我早就告诉你了。我不想让你满怀希望结果又深深失望。"爸说，"我答应人家不说小麦是哪儿来的。不过别担心，卡洛琳，那儿的小麦还多着呢！"

"来，卡琳，你和格蕾丝该上床了。"妈的脸上又焕发出了光彩。她下楼的时候点亮了纽扣灯，把小麦放进咖啡磨里，磨麦子的声音又响了起来。这声音陪伴着罗兰和玛丽踏上冰凉的楼梯，然后消失在了暴风雪的呼啸中。

第二十四章
我真的不饿

"土豆刚好分均匀，真是太好了。"爸说。

他们慢慢地吃着最后几颗带皮的土豆。暴风雪扑打着房屋，狂风在疯狂地嘶吼。天色昏暗，窗户的玻璃透出微弱的光亮，炉灶中的火摇曳着，在奋力驱散着四周的寒冷。

"我真的不饿，爸。"罗兰说，"你把我这份吃了吧。"

"你吃吧，罗兰。"爸和蔼而坚决地说。罗兰只好把放在冰冷的盘子里的已经冷透了的土豆一口一口地吃下去。她又撕了一小片自己的面包，把其余的留下。在这顿饭里，只有滚烫的略带甜味儿的茶水还不错。没过一会儿，她就觉得睡意袭来。

爸又穿上大衣戴着帽子，到耳房里去拧干草棒了。妈站起来说："来吧，孩子们！赶紧把碗洗好，把炉灶擦干净，我去铺床，你们扫地，然后就坐下来念书。等今天晚上吃饭的时候，我会给你们一个惊喜。"

谁也不在乎吃什么，不过罗兰还是打起精神说："是吗？那太好了。"她去洗了碗碟，扫过地，穿上带补丁的大衣，去耳房里帮爸拧干草棒。除了永无休止的暴风雪，好像没有一件事情是真的。

那天下午，她开始背诵：

老杜巴尔·该隐强壮有力，

他叫人拿来他的烟斗，

拿来他的茶杯，

他叫他的三个小提琴师来……

"哦，妈，我不知道怎么了！我根本没法集中精神！"罗兰差点儿就哭了。

"是暴风雪的关系，我们每个人都昏昏沉沉的。"妈安慰她说，"我们得想想办法，不能再去听暴风雪的声音了。"

现在无论做什么事情都打不起精神。过了一会儿，玛丽问道："我们怎么才能不去听它呢？"

妈慢慢地合上书，站起来对大家说："我去把那个让你们惊喜的东西拿出来！"

妈从外面的房间拿出一截冻得硬硬的咸鳕鱼，这可是她在那里藏了很久的宝贝。"晚餐我们就可以吃上鳕鱼汁蘸面包了！"她告诉大家。

"天啊，太棒了！卡洛琳，再也没有什么东西比鳕鱼汁蘸面包更好吃的了！"爸叫了起来。

妈把鳕鱼放在炉灶上解冻，然后从爸手中拿过咖啡磨："我们来接着磨麦子。麻烦你，查尔斯，我们还需要更多的干草棒，但是在你干活儿之前，先去把身子烤暖和一点儿。"

罗兰去给爸帮忙，等他们把干草棒抱进厨房时，卡琳正在吃力地磨着麦子，妈把鳕鱼切成了薄片。

"只要闻一闻这香味儿，我就精神百倍。"爸说，"卡洛琳，你真了不起！"

"我想这可以让我们换换口味，"妈说，"但是这些面包才是最珍贵的，查尔斯。"她看见爸正在看牛奶桶里的小麦，便说："如果这场暴风雪不会持续太久的话，这些小麦估计足够我们吃了。"

罗兰从卡琳手中接过咖啡磨。当她看到瘦小苍白的卡琳因为不停地磨咖啡而变得筋疲力尽的时候，她感到很担忧。可是这些担忧与无休止的暴风雪的咆哮声比起来，简直微不足道。磨咖啡的手柄不停地被推动着，看上去就像是一种旋风。狂风吹起雪花，在地上、空中不停地打转。爸迎着猛烈袭来的旋风，艰难地向马厩那边走去。狂风把雪花卷向天空，卷向远方，在无边无际的大草原上旋转着。

第二十五章
生而自由独立

在暴风雪到来的这些日子里，阿曼乐每天都在思考。他不再像往常那样有说有笑，甚至在干杂活儿的时候，梳刷马匹的动作也十分机械。有时候，他还会心事重重地削木头，让罗雷自己动手做晚饭。

"你知道我在想什么吗，罗雷？"他终于开口问道。

"看你想了这么久，一定是一个重要的问题吧。"罗雷回答。

"我在想，镇上有人快饿死了。"阿曼乐说。

"也许真有些人饿得快坚持不下去了。"罗雷边说边翻着煎饼。

"我说的是饿死。"阿曼乐强调道，"就拿英格斯一家来说吧，他家里有六口人，你注意到他的眼睛了吧，你看看他瘦成什么样子了。他说他家的小麦已经吃光了。好吧，就算让他拿走一桶小麦，那这些小麦又能供六口之家吃多久呢？想想吧！"

"他一定还有其他粮食。"罗雷说。

"他们是前年夏天到这儿来的，后来没有跟随修铁路的工人一块儿去西部，只在这儿申请到了一块放领地。但是你也知道，在这种长满了杂草的土地上，第一年夏天是种不出多少东西的。再说，

190

这附近又没有能挣到薪水的工作。"

"那你是什么意思呢?"罗雷说,"打算卖掉你的小麦种吗?"

"那不可能!只要有办法,我是绝不会卖我的小麦种的。"阿曼乐坚决地说。

"好啊,那你打算怎么办呢?"罗雷问他。

阿曼乐没有回答他的问题。"我想处在同样困境中的绝不止英格斯一家人。"他接着说。他慢慢地计算出火车停开之前镇里大概存了多少粮食,然后又列出已经缺粮食的人家。他还估计了一下暴风雪停止后,清除铁道的积雪所需要的时间。

"假定暴风雪在三月停吧,"他下了结论,"一直到粮食运来之前,大家要么吃掉我的小麦,要么就活活饿死,我说得对不对?"

"你说得一点儿也没错,事实就是这样。"罗雷严肃地说。

"如果这种天气一直持续到四月——别忘了,那个印第安老人曾经预言说有七个月的暴风雪——假如四月之前火车还不能开通,或者说在此之前不能运来粮食,我就必须留下我的种子,否则第二年将颗粒无收。"

"的确如此。"

"还有,如果火车在四月初还不能开通的话,就算大家吃掉我的小麦种子,他们最后还是会被饿死的。"

"好了,你快说该怎么办吧。"罗雷说。

"归根到底,得有人去把种在镇子南边的那批小麦想法弄来才行。"

罗雷摇了摇头说:"没有人会去的。这等于是拿一个人的生命去交换。"

突然,阿曼乐变得神采飞扬。他靠近餐桌,拿起一叠煎饼放在自己盘子里。"为什么不去试一试?"他兴奋地说,把糖浆浇在热气腾腾的煎饼上，"有时候，你可无法知道事情的结局。"

"走四十英里路？"罗雷说，"到草原上去'大海捞针'？一去一回要四十英里，我的天啊！你要明白，暴风雪没个准儿，说来就来。自从暴风雪来到这儿，每次放晴的时间最多不超过一天，更多时候只有半天。这种做法是不可取的，阿曼乐。成功的机会犹如在地狱里滚雪球那样，为零。"

"只要是自己认为正确的事情，就要放手去做！"阿曼乐引用爸的话。

"凡事谨慎比追悔莫及好。"罗雷也用妈的话来反驳。

"哎，你是一个生意人，罗雷。"阿曼乐回答，"农民总是要冒险的，因为他必须如此。"

"阿曼乐，"罗雷十分严肃地说，"如果你在草原上失踪了，我怎么向爸妈交代啊？"

"你告诉他们说，你管不了我。"阿曼乐说，"我生而自由。一个人，二十一岁……就算没有二十一岁，也和二十一岁一样能干。总之，这是一个自由的国家，我是一个自由而独立的人。我可以去做我想做的。"

"不要鲁莽行事，阿曼乐，"罗雷极力劝说，"你要仔细想一想。"

"我已经仔细考虑过了。"阿曼乐说。

罗雷沉默了。他们静静地坐在炭火旁，在油灯和反光铁片发出的明亮光线下吃着晚饭。强劲的风呼啸着，墙壁都在微微摇晃，映在墙上的影子也跟着摇晃起来。狂风尖叫着，横扫过屋顶，在墙角的缝隙发出尖利的呜呜声，更多时候就像瀑布落下的轰鸣。

阿曼乐又拿起一叠煎饼。

罗雷突然放下餐刀，推开面前的盘子。

"有一点可以确定，"他说，"我不会让你一个人去干这种又傻又难的事。如果你非去不可，那我就和你一块儿去。"

"听我说！"阿曼乐大喊道，"我们两个不能一起去！"

第二十六章
轮流休息

　　第二天早晨非常安静，阳光灿烂，但天气仍旧十分寒冷。屋子里只有咖啡磨转动的声音、平稳的风声以及从小耳房里传来的罗兰和玛丽拧干草棒的噼啪声。她们感到非常冷，最多只能拧两三个干草棒就跑到炉灶旁去烘烘手。

　　她们没法把炉火烧得很旺，因为拧好的干草棒总是无法堆积起来。她们也没时间去帮妈洗衣服，因此妈只好把要洗的衣服放在一边，等以后有空了再洗。"也许明天会更暖和。"妈说，然后也走过来帮忙拧干草棒。这样，罗兰与玛丽就能去替换一下正在磨小麦的卡琳。

　　临近黄昏时分，爸才回家。那天晚饭的面包和茶早就为他准备好了。

　　"天啊，天气好冷啊。"他说。

　　那天爸只运了一车干草。干草被埋在雪地里，他必须从很深的积雪下把干草挖出来。而且刚下的雪掩盖了雪橇原来留下的痕迹，沼泽的样子也完全改变了，所以大卫老是陷进积雪覆盖的沼泽地草洞里。

"你的鼻子冻坏了没有，爸？"格蕾丝担心地问道。在这种天气里，爸的耳朵和鼻子肯定早已冻僵了，他必须用雪去搓才能使它们暖和起来。他曾经对格蕾丝说，他的鼻子每冻一次就会变长一些，格蕾丝信以为真。他们常常以此来寻开心。

"今天冻僵了五六次呢。"爸回答，还轻轻地摸了摸红肿的鼻子，"要是春天不快点儿来的话，我的鼻子到时就会长得和大象的一样长，耳朵也像大象一样大了。"

格蕾丝听了哈哈大笑起来。

吃过每天一成不变的面包，爸去拧了一些干草棒，又把大卫牵到马厩，顺便就把杂活儿干完了。这时候天色还没黑下来。他说："我想到布莱德的杂货铺去看看人家下棋。"

"去吧。"妈说，"你可以跟他们下几盘啊。"

"那些单身汉冬天都闲着，就用下棋和玩牌来打发时间。"爸说，"他们的棋艺可好了，我根本不是他们的对手。不过，看别人下一局精彩的棋也挺过瘾的。"

爸去了没多久就回来了。他说，杂货铺里太冷了，没有人下棋。不过他在那儿听到了一个新消息。

"阿曼乐和凯普要到镇子南边去找麦子。"

妈的表情一下僵硬了，眼睛瞪得大大的，好像看见了什么可怕的东西："你说那里离这里有多远？"

"谁也不清楚，"爸说，"没人知道它究竟在什么地方。只是传言说那边有个拓荒者去年种了些小麦。这附近没有人曾经把小麦卖给镇里的人，因此要是真的有这个人，这个人又真的种了小麦，那么他一定在传说中的那个地方。福斯特说有人告诉过他，那个拓荒者就待在他的放领地小屋里过冬。所以，这两个孩子准备去找他。洛夫托斯给了他们一些钱去买小麦，叫他们能运多少就买多少回来。"

格蕾丝开始在爸的脚边吵闹，想爬到他身上用手指量量他的鼻子有多长。爸心不在焉地把她抱起来。格蕾丝虽然还小，可她也看出现在不是和爸开玩笑的时候。她不安地抬起头来看看爸，又看看妈，然后安静地坐在爸的腿上。

"他们什么时候出发？"妈问。

"明天一大早就走，阿曼乐给凯普做了一个雪橇。本来怀德家两兄弟都要去，但后来决定留一个在家里，以防去的那个被困在暴风雪中。"

一段时间里，大家都没有说话。

"也许他们能够平安地回来。"爸说，"只要天气继续晴下去，他们就可以出发了。这种好天气大概会持续两三天吧，但谁也说不准啊。"

"这真是很危险的事情。"妈说，"没人能确定会有几天晴天。"

"如果他们真的办到了，"爸说，"我们就有足够的小麦吃了。在春天来临之前，火车不会开过来的。希望他们能够成功。"

那天晚上，罗兰感觉到暴风雪在使劲摇晃着屋子，还听到了狂风的怒号。暴风雪只停止了短短一天时间，这样的恶劣天气，明天早上他们也没办法出去找小麦了。

第二十七章
为了每天的面包

暴风雪一直持续到第三天夜里才结束。阿曼乐在一片寂静中醒来。在寒冷中，他伸手拿起挂在椅子上的背心，再取出手表和一根火柴，才看清现在是接近凌晨三点钟。

每逢到了这种漆黑、寒冷的冬天的凌晨，他就十分怀念当年父亲把他从床上赶起来的情景。现在，他必须强迫自己从温暖的被窝里爬起来，走进严寒之中，必须自己去点灯、生火、打碎水桶里的冰，同时还得自己做早饭吃，要不然就得饿肚子。冬日凌晨三点钟，是他唯一不喜欢自由与独立的时候。

不过，一旦硬着头皮爬下床穿上衣服，他对清晨的喜爱就远远胜过一天中的其他时候。这时候的空气比任何时候都要清新。东方的天空中，星星低垂，温度差不多是零下十摄氏度，风平稳地吹着。看来今天是个不错的天气。

当他驾着拖着干草的雪橇驶过街道的时候，太阳还没有露头，但晨星已经融入一道飞扬的光芒中。英格斯家的房子背靠着东边白雪覆盖的大草原，看上去十分幽暗。阿曼乐转过去来到第二条街，远处的两个马厩外堆积着干草，远远看过去就好像两个小黑点。从马厩过去就是凯普的小房子，厨房里透出一丝灯光。凯普驾着他那匹长有鹿皮斑纹的阉马拉的雪橇迎了上来。

他向阿曼乐招了招手。阿曼乐也举起手臂用力挥了挥，套在厚重羊毛袖子里的双臂显得很僵硬。他们的脸都用围巾包裹得严严实实，不过彼此也不用再说什么，因为三天之前，也就是这场暴风雪与前次暴风雪的空隙之间，他们已经周密地计划好了一切。阿曼乐没有停下来，继续往前走，凯普让花斑马掉过头走上大街，紧紧地跟在阿曼乐后面。

到了这条短短的街道的尽头，阿曼乐转向了东南方，准备从最窄的地方穿过沼泽。太阳正在冉冉升起，天空中泛起一片淡淡的清冷的蓝色。整个大地都披着银装，在阳光的照耀下，闪烁着玫瑰色的光芒，又微微罩着一层蓝色的阴影。马呼出的热气瞬间就在头顶上化成一团团白雾。

四周安静极了，唯一能听到的就是王子的马蹄声和雪橇摩擦地面的嚓嚓声。在波浪般的雪地上看不到任何痕迹，没有道路的痕迹，没有兔子的足迹，也没有鸟的爪印，任何生物好像都消失了。冰冻的大地上每个转弯都不相同，变得十分陌生。只有风把积雪掀起小小的波浪，每一个波浪都染上一道淡淡的蓝晕，每一个波浪都被风吹起一团雪雾。

在这片无迹可寻的雪的海洋里，每道阴影似乎都在随风微微移动，风刮起来的雪雾使得他们眼前一团模糊，根本找不到地标在哪里。阿曼乐只能凭借自己的想象来推测方向和距离，他想在目前这个境地，也只能靠自己的推测了。

阿曼乐猜测他们已经到达埋在雪堆下的大沼泽的狭窄地带，也就是他运干草的必经之路。如果他猜得没错的话，雪橇下面的积雪应该十分结实，他们只要再花上五分钟的时间就能到达高地了。

他向身后看了一眼，只见凯普已经放慢了花斑马的脚步，小心地保持着一段距离跟在后面。突然，王子陷进雪堆里了。

"王子，别害怕！稳住！"阿曼乐从围巾下面发出叫声，他的声音十分镇定，带有安抚的口气。在雪橇的前面，从那个深深的雪洞里露出了王子正在喘气的马头。雪橇继续向前滑动着，雪橇上没有安装刹车器，不过幸好它及时停了下来。

"王子，镇定！"阿曼乐说，"稳住，一定要稳住。"他紧紧地收住了马缰。王子深深地陷在深雪堆里，温驯地站着一动不动。

阿曼乐跳下雪橇，取下了雪橇前面系在滑行杆链条上的横木。凯普驾着雪橇绕到他的身边停下来。阿曼乐走到王子头部的地方，再艰难地走进那个雪坑里，拉起了马嚼子下面的缰绳。"稳住，王子，一定要稳住。"他温柔地安慰着它，但是他跟跟跄跄的样子又让王子害怕起来。

接着，他用力把脚底下的雪踩紧，让王子相信踩在上面没有问题。然后，他拉住王子的马嚼子，叫它往前走，它用力一跃而出，阿曼乐拉着它很快爬出了雪洞，重新回到坚硬的雪地上。他牵着它走到凯普的雪橇边，把缰绳交给了凯普。

从凯普的眼神里可以看出来，他蒙在围巾里的脸在笑着。他问道："一般你都是这样处理吗？"

"其实这没什么。"阿曼乐说。

"真是个出门的好日子！"凯普说。

"没错，是一个美妙的清晨。"阿曼乐赞同道。

阿曼乐从王子掉下去的雪坑把自己的雪橇拖了出来。他很喜欢凯普。凯普总是乐呵呵的，无忧无虑，但是当凯普发怒的时候，眼睛就会眯成一条细缝，露出凶光，看到他这种样子，每个人都不敢招惹他。阿曼乐曾看到他把最强壮的铁路工人都给吓退了。

阿曼乐从他的雪橇上取下一卷绳子，把一端系在雪橇的链条上，另一端系到王子的横木上，借助王子的力量把雪橇拖了出来，然后他再把雪橇套到王子身上，再卷起绳子，继续往前行驶。

凯普又跟随在阿曼乐后面。其实他只比阿曼乐小一个月，虽然他们都是十九岁，但是由于阿曼乐在这里已经申请到了放领地，所以凯普认为他肯定超过二十一岁了。因为这个原因，凯普很尊敬阿曼乐，而阿曼乐对此也不拒绝。

阿曼乐领头朝太阳升起的地方前进，直到他确定已经越过了大沼泽。然后他转向南方，朝双子湖——亨利湖和汤普森湖驶去。

此时，无边无际的大雪原里只有一种颜色，就是天空映射出的一片淡蓝色，雪地上到处是刺眼的亮点。强烈的反光刺痛了阿曼乐的眼睛，他只好把眼睛眯成一条缝。他每呼吸一次，冰冷的羊毛围巾就吹出去再吸回来，打在鼻子和嘴巴上。

他的手已经冻得麻木了，根本感觉不到缰绳的存在了。他只好双手轮换着拉缰绳，腾出一只手来捶打胸膛，让血液保持流动。

当他的双脚变得麻木的时候，他就走下雪橇，在雪橇旁边跑，以此来加速心脏的跳动，从而把温热的血液传送到脚底，直到双脚像火烧一般感到又痛又麻时，他才又跳上雪橇。

"要让身体感到暖和，运动一下是最有效的！"他回过头朝凯普大叫。

"我也来暖和一下！"凯普回应道，然后也跳下雪橇，跟在阿曼乐旁边跑起来。

他们就这样跑上一会儿，然后再跳上雪橇，击打着胸膛，然后又跑，在这段时间里，马也轻快地奔跑着。

"喂，我们这样要跑多久啊？"凯普大声问。

"一直跑到我们找到小麦，或者跑到结冰的地狱中！"阿曼乐回答。

"你现在就在地狱上溜冰啊！"凯普说。

他们继续往前走。太阳虽然出来了，但感觉比刮风的时候还要冷。天空中没有一丝云，不过寒气却越来越重。

走到一个不知名的小沼泽地，王子又陷进了雪坑里。凯普急忙赶上来，停下雪橇。阿曼乐把王子从雪橇上卸下来，牵着它走到坚硬的雪地上，然后把雪橇绕开雪洞拖开，重新把马套上。

"你看前面有没有一棵杨树？"他问凯普。

"嗯，不过，我的眼睛已经不好使了。"凯普回答。强烈的阳光使他们无论看哪儿都是一些黑点。

他们重新把围巾围好，把冻冰的地方从脸上挪开。他们朝四周望去，只见闪亮的冰雪世界一直延伸到地平线，除了不断吹来的冷风之外，什么都没有。

"到目前为止我们还算幸运，"阿曼乐说，"只陷进去了两次。"

阿曼乐说着，驾驶着雪橇向前走。突然他听到凯普大叫了一声。回头一看，花斑马跟在王子后面，在转弯的地方陷进去了。

凯普同样把马牵出来，拖着雪橇绕开那个洞，再重新套上马。

"用运动取暖最好了！"他对阿曼乐说。

在下一个矮坡顶部，他们看见了那棵孤零零的白杨树，它光秃秃的，十分枯瘦。两个湖之间的矮树丛都被积雪覆盖了，在白雪皑皑的地上，只有这棵白杨树孤单地矗立在这里。

阿曼乐一看见这棵树就赶紧转向西方，这样可以远离双子湖周围的沼泽区。那些高地上的积雪已经非常坚硬了。

那棵孤零零的白杨树是他们看到的最后一个路标。它很快就消失在无迹可循的茫茫雪原中。在这片雪地里，不管是人的脚印，还是任何痕迹，都会很快消失，毫无踪影。没有人知道那个种小麦的拓荒者在哪儿，甚至没有人能确定他还是否在那个地区，他有可能已经搬迁到其他地方过冬了，也许根本就没有这个人，只是大家的瞎猜和谣言而已。一切都有可能发生。

在这望不到边际的雪地里，每个雪浪都显得那么相似。风吹过雪堆刮起一层层雪雾，雾气下的雪堆似乎也没有什么区别。太阳缓缓地爬上高空，空气更加寒冷。

除了马蹄声和雪橇滑在坚硬的冰雪上的声音，还有风吹过雪橇发出的声响，天地一片寂静。阿曼乐时不时地回过头看看，凯普总是对他摇摇头。他们在这寒冷的天空中没有看见一缕轻烟。小小的、冰冷的太阳似乎一动不动地悬挂在空中，不过它一直在往上爬。地面上的影子越来越短，积雪的波浪和草原上的小坡似乎变得更平坦了。白色的荒原看上去一片平坦，十分荒凉。

"我们还要走多远啊？"凯普大声喊道。

"直到我们找到小麦为止！"阿曼乐回答。不过他也拿不准在这一望无垠的雪原是不是真有小麦。太阳已经升到了最高处，一天的时间已经过去了一半。西北方的天空还看不出有暴风雪到来的迹象，在两场暴风雪之间居然有超过一天的晴天，这真是有些奇怪。

阿曼乐心里明白他们该掉头返回镇上去，这样下去也是徒劳无功。他已经冻僵了，只好跳下雪橇，在旁边奔跑起来。他不想回到那个正在饱受饥饿折磨的小镇，告诉人们他什么也没有找到。

"你估计我们走了多远啦？"凯普问道。

"大约二十英里了吧，"阿曼乐说，"你是不是想回去了？"

"除非我们倒下，否则绝不放弃！"凯普坚定地说。

他们朝四周看了看，现在正处在一块高地上。要不是因为白雪的反射光使得靠近地面的空气雾蒙蒙的，他们也许可以看到二十英里以外的地方。在强烈的阳光的照射下，草原上的矮坡看起来似乎是平整的，挡住了西北方的镇子。幸好西北方的天空依然是晴朗的。

他们边跺脚边拍打自己的胸脯，同时从西到东仔细巡视白茫茫的草原，极力向南方眺望。可是四处仍然不见一丝轻烟。

"我们现在应该朝哪个方向走？"凯普问。

"哪个方向都一样。"阿曼乐说。他们呼出来的气已经使围巾结满了冰，他们几乎找不到围巾上没有结冰的部分来捂住疼痛的皮肤。"你的脚受伤了吗？"阿曼乐问凯普。

"没什么，应该没事的。我得下去跑一跑。"凯普回答。

"我也要跑跑。"阿曼乐说，"要是脚不能恢复知觉，我们就得停下来用雪搓一下。我们先沿着这块高地往西跑上一段看看，如果还是什么都找不到，我们就绕回来往南跑。"

"我也这么想。"凯普说。拉着雪橇的两匹马都小跑起来，他们跟在雪橇旁边跑着。

高地比想象中要短一些，雪坡向下倾斜，慢慢变成了一片平坦的洼地。洼地被高地挡住，就像是一片沼泽地。阿曼乐收紧缰绳，让王子放慢脚步，他站在雪橇上仔细观察地形。洼地一直向西延伸，阿曼乐知道要想绕过这片沼泽地，就必须得回头再走回高地。忽然，他看到在沼泽地的前方，被风卷起来的雪雾中间夹杂着一些灰黄的颜色。他让王子停下来，同时叫道："快看，凯普！前面好像有一股烟啊！"

凯普也正朝那个方向看。"看来好像是从雪堤里冒出来的！"他叫道。

阿曼乐驾着雪橇从斜坡上滑下去。过了几分钟，他回头喊道："是烟！没错，那边肯定有房子！"

　　他们必须穿过这片沼泽才能到房子那里。凯普催促马快跑，赶上阿曼乐，但是在匆忙中，花斑马一下子陷进雪洞了。这是他们出发以来遇到的最深的一个雪洞，雪洞四周的雪都松散了，下面空空的，好像深不见底。当他们费尽力气把花斑马弄到坚硬的地面上时，一抹阴影已经爬上了东方的天空。他们继续小心翼翼地前进。

　　那股轻烟的确是从一道长雪堤中升起来的。虽然雪地上没有发现任何痕迹，但是当他们又从南边绕回来的时候，发现雪堤里有一道门，门前的积雪明显是被铲过的。他们把雪橇停下来，大声喊起来。

　　门打开了，走出来一个男子，他站在那儿，显得十分惊讶。他的头发长长的，没有刮的胡子几乎遮住了半张脸。

　　"嗨！嗨！"他叫道，"快请进！你们是从哪儿来的啊？准备到哪儿去？进来吧！你们会待多久呢？赶快进屋来吧！"他兴奋极了，只顾着问话，也不等人家回答。

　　"我们得先把马安顿下来！"阿曼乐说。

　　男子进屋抓起一件大衣穿上，走出来说道："请过来吧，走这边，跟我来。你们两个是从哪儿来的？"

　　"我们刚从镇上赶来。"凯普回答。这个人带着他们走到另一道雪堤里的一扇门前。他们一边卸马一边把名字告诉了他，那个人说他叫安德森。他们把马牵进温暖的马厩里。马厩建在雪堤下面，十分暖和。

　　马厩的尽头用柱子和一道粗糙的门隔出了一个夹墙，在一道裂缝的周围，有些小麦粒露了出来。阿曼乐和凯普看了看那儿，相视一笑。

　　他们在门边的水井里打了些水让王子和花斑马喝，给它们喂了些燕麦，然后把它们拴在安德森那对黑马旁边，那里的马槽已经装满了干草。做好这一切之后，他们跟随安德森走到雪堤下面的屋子里。

这间屋子的天花板是用木棍搭盖的，上面铺着厚厚的干草，因为屋顶上面都是积雪，所以天花板已经低垂下来。墙是用草泥做成的，没有开窗户，安德森将门打开一条缝，让光线透进来。

"刚过去一场大雪，我还没有来得及清理窗户上的积雪呢。"他说，"雪堆积在西北方那片高地上，挡住了我的房子，所以我这儿很暖和，也不需要多少燃料。总之，草泥屋是最暖和的。"

屋子里的确十分暖和，开水在火上沸腾着，屋子里充满了蒸汽。安德森的晚餐就放在靠墙边的粗木桌上，他邀请他们共进晚餐。自从十月到镇上买回冬天的生活物资后，他就再也没见过任何一个人。

阿曼乐和凯普坐了下来，津津有味地吃着烤豆、酸面饼干和干苹果酱。热气腾腾的食物和咖啡让他们浑身都暖和起来，他们脚上的冰雪也渐渐融化，感觉像火烫一般刺痛，他俩都知道这是没有冻伤的信号。阿曼乐对安德森先生说他和凯普赶来是想买一些小麦。

"我不能卖！我种出来的小麦都是留下来做种子用的。你们在这时候来买小麦做什么呢？"安德森问道。

他们只好如实告诉他，火车停开了，镇上的人都在挨饿。

"从圣诞节前开始，镇上的妇女和孩子们就没有好好吃过一顿饭。"阿曼乐告诉他，"他们必须吃些东西，否则等不到春天就要饿死了。"

"这与我无关！"安德森先生说，"谁也没有责任去管那些毫无远见、无法照顾自己的人。"

"你确实没有这个义务，"阿曼乐说，"也没有人希望你送给他们任何东西。我们愿意出一袋八角钱的高价，也省了你运去镇上卖的麻烦。"

"我没有小麦可以卖！"安德森说。

阿曼乐知道他态度坚决，确实不愿意卖。

这时凯普说话了，他被雪风刮得开裂的红扑扑的脸上露出了笑容，"我们就开门见山地说吧，安德森先生，我们已经说得非常明白了，镇上的人要么从你这里弄一些小麦糊口，要么就得饿肚子。当然，我们肯定付钱给你。你要多少钱才卖呢？"

"我不想占你们的便宜！"安德森说，"我不想卖。那是我的小麦种子，我明年的收成全靠它。如果要卖的话，我去年秋天早就卖了！"

阿曼乐迅速做出决定。"我们愿意出一袋一元钱，"他说，"比市场价高出了一角八分，而且还不用你来搬运。"

"我不卖。"安德森说，"我还期待明年夏天有好的收成呢。"

阿曼乐说："种子还可以再买啊。这儿有很多人都要买种子。如果你现在不卖，那将损失高出市场价一角八分的利润，安德森先生。"

"我怎么知道他们能不能及时把种子运来？"安德森质问。

凯普问他："这么说，你又怎么知道你会有收成呢？说不定你这次拒绝了现金交易，把小麦播种下去，到时候遇到一场冰雹或者蝗虫灾害，也可能颗粒无收啊。"

"这倒是实在话。"安德森说。

"你能抓在手里的，就是已经放在口袋里的现金。"阿曼乐说。

安德森慢慢摇了摇头。"不，我不卖！去年夏天我拼命翻了四十亩土地，我得留够种子好播种啊。"

阿曼乐和凯普互相对视了一下，阿曼乐拿出钱包。"我们愿意付一袋小麦一元两角五分钱，马上就付。"他取出一沓钞票放在桌上。

安德森开始犹豫起来，接着他的视线从钱上移开了。

"'一鸟在手，胜过二鸟在林'啊。"凯普说。

安德森忍不住又看了看钞票，接着他身子往后一靠，认真考虑起来，他挠了挠头。"嗯，"他说，"我还可以另外种些燕麦。"

阿曼乐和凯普都没有说话。他们明白他正在做艰难的选择。如果他现在决定不卖了，他就再也不会改变主意了。最后，他终于说："我就以你们那个价钱卖六十袋小麦吧。"

阿曼乐和凯普迅速从桌边站了起来。

"来吧，我们把小麦装上雪橇！"凯普说，"我们还要赶很远的路才能回到家呢。"

安德森先生邀请他们留下来过夜，可是阿曼乐同意凯普的决定。"谢谢了，不过我们得立刻动身。"他说，"最近这两场暴风雪间只能维持一天的晴天，眼下已经过了中午了！就算我们马上动身回去已经有些晚了。"

"小麦没有足够的袋子装。"安德森说。阿曼乐说，"我们自己带了袋子来。"

他们急忙赶往马厩。安德森帮着他们把小麦从谷箱桶里铲出来，倒进大袋子里，再把袋子搬上雪橇。趁套马的工夫，他们询问安德森如何才能安全快速地穿越沼泽地。可是安德森这一年冬天还从未穿过沼泽出去，况且雪地上没有任何标记，他也不能告诉他们他去年夏天是怎么驾车通过沼泽的。

"你们最好还是留在这儿过夜。"他再次劝他们。但阿曼乐和凯普还是坚持走，紧接着便踏上了回家的路。

他们驾着雪橇从雪堤下的屋子里走进凛冽的寒风中，还没有越过那片平坦的洼地，王子就陷进了雪洞里。凯普的花斑马从他们旁边绕过去，结果也陷了进去。它惊叫一声，一头栽了下去。

花斑马叫得非常可怕。阿曼乐使劲抓紧王子，稳住它的情绪。接着他看到凯普紧抓着吓得发抖的花斑马的缰绳，跟马一起掉进了雪洞里。花斑马被吓坏了，不停地挣扎跳跃着，差儿点把雪橇也拖下雪洞。雪橇在洞口的一侧倾斜着，一些小麦袋子已经滚落在了雪地上。

"没事吧？"阿曼乐问道。

"没事！"凯普回答。这时候，花斑马的情绪也平静下来了。然后，他们在破碎的冰雪和僵硬杂乱的草堆里面各自解开自己的马身上的套具，然后踩实坑里的积雪，让马可以有一块坚硬的落脚点。当他们从雪洞里爬出来的时候，浑身都已经冷透了。

他们把两匹马都拴到阿曼乐的雪橇上，然后把凯普的雪橇上装的小麦卸下来，把雪橇从洞里拖出来，再将一百二十磅重的小麦袋子重新放在雪橇上，最后他们再爬出去，套好马。这时他们的手指已经被冻得不听使唤了，好不容易才将僵硬、冰冷的皮带扣紧。阿曼乐又一次小心翼翼地驾着雪橇穿越这片危险的沼泽区。

不久，王子不小心又掉进雪洞里了，不过幸运的是花斑马没有掉下去。在凯普的帮助下，没过多久就把王子从雪洞里弄出来了。接下来，他们没有再遇到麻烦，顺利地爬上了高地。

阿曼乐在高地上停下来，对凯普大声说："你觉得我们是不是该按原路返回？"

"不行！"凯普回答说，"最好是直接朝镇上跑，我们不能再耽误了。"马蹄和雪橇都没有在坚硬的雪原上留下任何痕迹，唯一的标志就是他们曾经掉下去的那座雪洞，这些雪洞都在回程路的东边。

阿曼乐朝西北方前进，穿过了白雪皑皑的辽阔草原。他的影子就是唯一的向导。草原上的隆起处看上去都一模一样，积雪覆盖的沼泽也只有大小之分。要是从下面低地上走，就要冒着再掉到雪洞里耽误时间的风险；要是沿着高地行走，那么会增加很多的路程，马会感到非常劳累，吃不消。两匹马已经越来越累了，而且它们总是害怕陷进隐藏在雪地里的空洞，这种恐惧加重了它们的疲惫。

它们还是常常掉进雪坑里。每当这时，凯普和阿曼乐只好一次又一次解开套具，把它们拉出来，然后再套上。

他们在刺骨的寒风中艰难地跋涉。马拖着沉重的小麦，已经累得跑不动了。因此，他们只能都拖着慢吞吞的步子。为了不被冻僵，两个人一边走一边跺脚，还一边用手拍打胸膛。

他们感到越来越冷了。阿曼乐跺脚的时候，脚已经失去了知觉，手僵硬得根本无法把手指伸开。他把马缰套在肩膀上，让两只手活动一下。他边跑边交叉着手拍打胸脯，好让体内的血液流动起来。

"嗨，阿曼乐！"凯普大声叫道，"我们是不是在往偏北的方向走？"

"我怎么知道啊？"阿曼乐大声地回答。

他们继续跋涉前进。王子又掉进雪洞里去了，垂着头站在那儿。阿曼乐把它从雪橇上卸下来，踩紧下面的雪，然后把它牵出来，再给它套上雪橇。他们爬到一处高地上，绕过了一处沼泽地，又继续前进，在穿越另外一片沼泽地的时候，王子又陷下去了。

"让我来带一会儿路吧！"凯普说，"这样你和王子都可以少吃点儿苦头。"

"好吧。"阿曼乐说，"我们轮流带路。"

就这样，当这匹马陷下去之后，另一匹马就会跑到前面带路，等另一匹马又陷下去，开始的这匹马再跑到前面带路，就这样轮流进行。太阳已经落得很低了，西北方的雾气也越来越浓。

"到了前面那个高地，我们就可以看见那棵白杨树了。"阿曼乐对凯普说。

"是的，我也这么想。"过了一会儿，凯普说。

想不到，等他们上了高地，却什么也看不到，眼前依然是一望无边的雪浪和西北方低垂的浓雾。阿曼乐和凯普望着前方，然后对他们的马说了几句贴心话，又继续前行。他俩让两辆雪橇离得很近。

等到他们看见东北方那棵孤单的白杨树，落日已经在地平线留下一抹残红。在西北方，暴风雪的云团又开始低低地聚集在一起，清晰可见。

"它似乎正在汇聚力量呢。"阿曼乐说，"我早就注意到了。"

"我也很早就看到了。"凯普说，"不过我们最好暂时把寒冷抛到一边，驾着雪橇跑一会儿吧！"

"好的，"阿曼乐说，"我也正好想休息几分钟。"

他们不再说话，只是催促疲惫的马跑快一点儿。凯普在前面，通过了小小的高地和沼泽，迎面遇上了呼啸的狂风。他们低着头顶着风继续前行，想不到才走了一小段距离，凯普的花斑马就掉进了雪坑里。

阿曼乐紧跟在凯普后面，见状赶快往一边闪，希望能躲过那个雪坑，可是王子已经紧贴着花斑马掉了下去。两匹马中间的雪也非常松散，塌陷进去，于是阿曼乐的雪橇和小麦也一起掉了进去。

当凯普帮阿曼乐把雪橇拖出来，再把小麦从雪堆里挖出来搬上雪橇时，黑夜已经悄悄来临。雪地上还有一点儿淡淡的亮，风停了下来，在这一片越来越暗的寂静之中，空气没有一丝流动。他们仰望着天空，发现南方和西方的天空中群星闪耀，而西北方向却是一片漆黑。不久，那片黑色飞快上升，把天上的星星全部吞没了。

"我们可能被困住了。"凯普说。

"估计离家不远了。"阿曼乐回答。他一边跟王子说着话，一边领头朝前跑着。凯普跟在后面，人、马和雪橇形成一个巨大的阴影，在银白色的冰雪上移动着。

随着那片黑云不断地上升，星星转眼间全都消失了。

为了继续前进，阿曼乐和凯普都在不断地鼓舞着自己的马。前方还要穿越沼泽的狭窄地带，现在他们已经看不清东西了，草原的雪坡都已经消失了。

借着黯淡的白雪和微弱的星光，他们只能模糊地看清眼前的一点点路。

第二十八章
连续四天的暴风雪

    整整一天，罗兰无论是在磨小麦还是拧干草棒的时候，都会一直想着凯普和阿曼乐驾着雪橇穿过荒无人烟的雪地，为镇上的人们寻找小麦的情景。

    那天下午，罗兰和玛丽走到后院去呼吸新鲜空气。罗兰不安地望着西北方，担心天边会出现低垂的黑云，因为那就预示着一场暴风雪即将来临。虽然那边并没有云层，天空也万里无云，但是罗兰却一直不敢相信晴朗的阳光。因为阳光太亮了，极目远眺，白雪覆盖的草原闪闪发光，似乎处处都潜藏着巨大的威胁。她不禁打了个冷战。

    "我们进屋去吧，罗兰，"玛丽说，"外面太冷了。你看见云层没有？"

    "天上没有云，"罗兰说，"可是我不喜欢这种天气。不知道为什么，空气中似乎有一股凶残的味道。"

    "空气就是空气呀。"玛丽说，"你是说很冷吧？"

    "我不是说空气冷，我是说空气很凶残！"罗兰生气地说。

    她们从耳房走回厨房。

妈正在给爸补袜子，她抬起头来看了看。"你们怎么不在外面多待一会儿，孩子们？"她说，"在下一场大风雪到来之前，你们得多呼吸一些新鲜空气。"

爸走了进来。妈停下手中的活儿，从烤箱里取出一条用酸面团发酵的黑面包。罗兰把稀薄的鳕鱼肉汁倒进一只碟子里。

"又有鱼汁吃，真是太好了！"爸说着便坐在餐桌旁，开始吃起面包来。爸一直在严寒中干着拉干草的苦活儿，已经饿坏了，一看见食物就两眼放光。他说，谁做的面包也比不上妈做的好吃，而且没有什么比面包上涂上鳕鱼肉汁更美味的了。他在粗糙的黑面包上放一些盐，再涂上一些鱼肉，吃得津津有味。

"那两个孩子出门的时候天气很好。"他说，"我看见有一匹马陷进大沼泽里了，不过他们没费多大劲就把它弄出来了。"

"他们会平安回来吗，爸？"卡琳问道。

"如果天气继续晴下去，他们一定会平安回来的。"爸回答。

爸到外面去干杂活儿，回来的时候太阳已经落下去了，天色渐渐暗下来。因为爸是从前面的屋子走进来的，所以大家都知道他是到街对面去探听消息了。她们看到爸脸上的表情，知道他打听到的并不是好消息。

"暴风雪又来了！"他说着，把大衣和帽子挂在门背后的钉子上，"有一团黑云正在涌过来。"

"他们还没有回来吗？"妈问他。

"没有。"爸说。

妈静静地坐在摇椅里轻轻地摇晃着，大家也不出声地坐在那儿，暮色越来越浓。格蕾丝坐在妈的腿上睡着了。其他人都把椅子拉近火炉，仍然保持沉默，静等着风声大作，房子被摇动得吱嘎作响。

爸站了起来，深深地吸了一口气："唉，它又来了。"

接着，他突然握紧拳头，在空中挥动起来。"咆哮吧！来吧！咆哮吧！"他大喊道，"我们在这里很安全！你能拿我们怎样！你整整刮了一个冬天，我们还不是好好的！你就算刮到春天，我们还是好好的，我们一定会将你打败！"

"查尔斯，查尔斯！"妈安慰着爸，"这不过是一场暴风雪啊。我们早就习惯了。"

爸重重地跌坐在椅子上。过了一会儿，他说："我真是有些神经质了，卡洛琳，有那么一阵子，我觉得暴风雪好像拥有强大的生命力，一心想打垮我们。"

"有时候的确是这样啊。"妈说。

"如果我能拉拉小提琴，就不会这么紧张了。"爸说。他在炉灶的缝隙里透出的火光下，看着自己那双因冻伤而僵硬的手。

以前，不管碰到什么样的苦难，爸都会为大家拉起小提琴。可是现在，却没人为他演奏小提琴。罗兰想用爸曾说过的话来鼓舞自己："我们全家在这儿很安全。"但她还是希望能够为爸做点儿什么，突然她想到了"我们都在这儿"是《自由人之歌》里的一段合唱。

"我们来唱歌吧！"她大声说道，然后开始哼唱起这首歌的曲调来。

爸抬起头来，说："你的调子哼对了，罗兰，不过起得有点儿高，降到 B 调吧。"

罗兰重新起音。爸领头唱起来，接着大家都加入了合唱：

当保罗和塞拉斯被囚在狱中，
你们别慌张，别着急！

215

一个唱歌，一个祈祷，

你们别慌张，别着急！

我们都在这里，我们都在这里。

你们别慌张，别着急！

我们都在这里，我们都在这里。

你们别慌张，别着急！

如果宗教可以用金钱购买，

你们别慌张，别着急！

如果富人活着，穷人死去，

你们别慌张，别着急！

这时候罗兰站了起来，卡琳也跟着站了起来，格蕾丝醒了，也亮开嗓门儿大声唱起来：

我们都在这里，我们都在这里。

你们别慌张，别着急！

我们都在这里，我们都在这里。

你们别慌张，别着急！

"太棒啦！"爸说。然后他起了一个低声，开始唱道：

在老杰姆河上，我顺流而下，

我的船触到了河底，

一根浮木朝我猛撞过来，

无情地撞毁了我的小船。

"来，大家一起唱！"在爸的招呼下，大家齐声唱道：

绝不能这样放弃，

绝不能这样放弃，

绝不能这样放弃，布朗先生！

绝不能这样放弃！

当大家的歌声停下时，暴风雪的声音似乎越来越大了。它像一只巨大的野兽，不断地攻击着小屋，咆哮着、威胁着他们，小屋被撞得瑟瑟发抖。

没过多久，爸又唱起来，庄重的旋律很适合表达他们心中涌起的感恩之情：

伟大的主啊，

我对您无尽地赞美，

在主的城中，

有座神圣的巍巍大山。

妈接着开始唱道：

当我能将我的名字，

清楚地向天堂诵念，

我将与恐惧道别，

擦掉伤心的泪水。

暴风雪仍旧在屋外放肆地嚎叫着，它凶暴地敲打着墙壁和门窗，而一家人却安全地待在屋里，紧靠在用干草生火的炉灶旁继续唱歌。

当炉火燃尽的时候，已经过了上床睡觉的时间了。因为不能浪费干草，他们只能在黑暗中摸索着从寒冷黑暗的厨房里走出来，爬上更加寒冷和黑暗的楼上去睡觉。

罗兰和玛丽躺在被子里默默地祈祷。

"罗兰？"玛丽轻轻问道。

"什么事？"罗兰也小声地回应。

"你在为他们祈祷吗？"

"是的。"罗兰回答，"你觉得我们应该祈祷吗？"

"这不是为我们自己而祈祷。"玛丽说，"我刚才祈祷时，完全没有提到小麦，只是希望上帝能够保佑他们平安归来。"

"我认为他们一定会平安归来的！"罗兰说，"他们已经尽力了。我们在梅溪的时候，爸也曾在圣诞节的大风雪中度过了三天时间。"

在暴风雪的那几天里，没有人再提起凯普和阿曼乐，虽然大家心里都很关心。如果他们能找到躲避风雪的地方，就可以幸存下来；如果不能，谁也无能为力。不管说什么都无济于事。

狂风不断地吹着房屋。暴风雪的咆哮、怒吼让人无法思考。他们只能就这样等着暴风雪自己停下来。

他们不停地磨着小麦，拧着干草棒，好让炉火一直燃烧着。他们一起坐在炉灶旁，烤着因寒冷而冻裂的双手，还有因冻伤而痛痒的双脚。他们一边吞咽着粗糙的面包，一边焦急地等待着暴风雪的停息。

三天过去了，暴风雪还没有停。第四天早晨，它依然狂暴地横扫着大地。

"没有丝毫停下的迹象。"爸从马厩里回来之后说，"这是最糟糕的一次。"

过了一会儿，在他们吃早饭的时候，妈强打着精神说："我真希望镇上的每个人都平平安安。"

没有办法去确认是不是这样。罗兰想，就连街对面的人家他们都看不见。她突然想到了波斯特太太，自从夏天见过她之后，就一直没有再见面了。波斯特先生也一样，上次见还是来送黄油的时候。

"我们倒不如在放领地上住。"罗兰说。

妈看了看她，没明白她的意思，不过妈也没有问下去。大家都在等待暴风雪停下来。

那天早晨，妈把最后一点儿麦粒倒进咖啡磨里。这些麦粒只够做一条小小的面包。妈小心地用汤勺把碗底的小麦粉刮干净，再用手指刮一下，把能刮出来的小麦粉全都放进烤盘里。

"这是最后一点儿小麦了，查尔斯。"妈说。

"我可以再弄一些。"爸说，"阿曼乐留了一些小麦种子，到了万不得已的时候，我会冒着风雪去取的。"

那天稍晚的时候，当面包摆上餐桌的那一刻，墙壁停止摇晃了。刺耳的风声也消失了，只有一股疾风穿过屋檐。爸立刻站起来，大声说道："这次它终于停了！"

他穿上大衣，围上围巾，戴上帽子，告诉妈他要到对面的福勒的店里去一趟。罗兰和卡琳在结霜的窗户上刮出一个小孔，看到一股笔直的风把雪花扬了起来。

妈在摇椅上坐下来，叹了一口气："终于安静了下来。"

雪渐渐停了下来。过了一会儿，卡琳看着天空，叫罗兰过来一起看。她们望着寒冷的淡蓝色天空，看着落日的余晖映照在雪地上，看来暴风雪真的结束了。西北方天空的云层也都消散了。

　　"我希望凯普和阿曼乐能安全地躲在某个地方。"卡琳说。罗兰也是这么希望的，不过她没有说出来。因为她知道，说不说出来没区别。

第二十九章
小麦风波

阿曼乐认为他们应该已经越过大沼泽的狭窄地带了。但是他无法确定他们现在在哪儿。他只能看见王子和载着小麦的雪橇在缓缓移动，但再远一些，黑暗就像一团浓雾笼罩在银白的世界中。遥远的星星闪烁在黑暗的边缘。前面的乌云迅速地爬上天空，悄无声息地吞没了星星。

阿曼乐朝凯普喊道："你认为我们穿过大沼泽了吗？"

他忘了他们已经不需要这么大吼大叫了，因为风已经停了。"我也不知道啊，你认为过了没有？"凯普说。

"我想是的，我们的马已经不再掉进雪洞里了。"阿曼乐回答。

"它来得好快啊！"凯普说。他是指那团急速上升的黑云。

对这场暴风雪，他们不愿多说什么。阿曼乐给王子加油鼓劲，让它继续前进。他在雪橇旁慢慢行走，双脚重重地踏在地上，可是一点儿感觉也没有，他的腿从膝盖往下已经僵得像木头一样了。他身体的每块肌肉都因为要和寒冷作斗争而紧绷绷的，但是他却无能为力，这让他的下巴和肚子都非常疼痛。他使劲拍了拍冻僵的双手。

王子的步伐越发艰难了。虽然脚下的雪看起来十分平坦，但其实是一道斜坡。他们没有看见王子在那天早晨陷进去的那个雪洞，这说明他们已经越过大沼泽了。

然而每样东西看上去都很陌生。在一片黑暗中透出一些从雪地上反射的微弱星光，使道路看起来非常奇怪，好像都是第一次见到一样。在前方黑暗的夜色中，没有一颗星星为他们带路。

"我们应该已经越过大沼泽了！"阿曼乐朝后面喊道。凯普的雪橇一直紧跟在后面。过了一会儿，凯普回答："看情形好像是的。"

不过，王子仍然小心翼翼地拉着雪橇，全身都在发抖，这不仅仅是因为寒冷和疲惫，而是因为它害怕再次陷进雪洞里去。

"没错！我们已经越过大沼泽了！"阿曼乐大叫道，他此时能非常确定了，"我们在高地上了，没错！"

"小镇在哪儿？"凯普大声问道。

"一定距离我们不远了。"阿曼乐回答。

"那我们跑快一点儿。"凯普说。

阿曼乐也想加快速度，他朝王子腹部用力拍了一下，"快点儿！王子！加油！"可是王子只快走了一步，接着又艰难地向前慢慢走着。它已经很累了，又不愿意迎着暴风雪走。暴风雪的黑色云团还在不停地扩张，几乎一半的天空都已经黑了下来，黑沉沉的空气中充满了躁动不安。

"快上雪橇，否则我们就来不及了！"凯普说。阿曼乐不想爬上雪橇增加雪橇的重量，不过他还是无奈地爬上雪橇，从肩膀上取下已经冻得发硬的缰绳，用打了结的末端打了王子一下。

"快跑，王子！快跑！"王子突然受惊，因为阿曼乐从未舍得打过它。它伸长脖子拖着雪橇向前走，加上前面正好是一段下坡路，它就加快脚步跑了起来。凯普也在打花斑马，催促它快些跑。

但他俩都不知道镇子究竟在哪个方向。

阿曼乐尽力朝他自己觉得正确的方向走，小镇应该就在前面那片黑暗中。

"看见什么没有？"阿曼乐问道。

"没有！我们可能迷路了。"凯普说。

"小镇应该就在前面，不可能离这儿太远。"阿曼乐说。

突然，他的眼睛捕捉到了一丝光线。他朝那个方向望去，可在暴风雪的黑暗中什么也看不见。紧接着，又一道明亮的光闪过，刹那间就消失了。他知道那是什么，是一扇门敞开又关上了。就在灯光出现的附近，他隐约看到了一个结了冰霜的窗户正透出一些光亮，他朝凯普大声喊起来。

"看见那边的灯光没有？快走啊！"

他们刚才走得其实偏西了一点儿，现在他们改朝正北方前进。阿曼乐觉得自己能认清道路了，王子也和他一样，它走得更加急切了，花斑马跟在它后面跑着。阿曼乐再次看见灯光在街道上闪烁，现在那扇模糊的窗子已经变得十分清晰了。那是洛夫托斯杂货铺的窗户。

他们终于到达了杂货铺门口，风夹带着冰雪朝他们砸了过来。

"快卸下马，赶快回家吧！"阿曼乐对凯普说，"我来照看小麦。"

凯普解开拖雪橇的皮带，翻身跃上花斑马。

"你能赶回家吗？"阿曼乐顶着大雪问他。

"什么能不能，是我必须赶回去！"凯普大声说着骑着马飞快穿过空地，朝着他的马厩跑去。

阿曼乐迈着沉重的步子走进温暖的店里。洛夫托斯先生从暖炉边的椅子上站起来，店里只有他一个人。"你们终于回来了！我们还担心你们回不来了呢！"他说。

"我和凯普都坚信，自己决心要做到的事情就一定会做到。"阿曼乐说。

"找到那个种小麦的人了吗？"洛夫托斯问。

"不仅找到了，还带回了六十袋小麦呢。你能不能帮我搬进来？"阿曼乐说。

他们把小麦搬进店里，堆在墙角。暴风雪正在屋外咆哮。他们把最后一袋小麦搬进来放好之后，阿曼乐把安德森签名的收据交给洛夫托斯，还把找回来的钱还给了他。

"你给我八十元去买小麦，这是剩下的，正好五元整。"

"一元两角五分一袋。这就是你谈的最低价钱吗？"洛夫托斯看了看收据说。

"任何时候只要你打声招呼，我就用这个价钱从你手上买走。"阿曼乐听了这话，有些生气。

"我做生意从不反悔。"老板急忙说，"我该给你多少运费？"

"一分也不要！"阿曼乐说完便转身而去。

"嘿，你不留下来暖暖身子吗？"洛夫托斯说。

"难道我的马就这样站在大风雪里吗？"阿曼乐砰的一声关上了店铺的门。

他抓住缰绳，牵着王子顺着笔直的街道向前走，先是经过一排拴马桩和店铺前面走廊的边缘，再沿着粮食店长长的侧墙走到马厩前。阿曼乐卸下马具，牵着王子走进马厩。贵妃低声嘶鸣，热情欢迎他们归来。他关上门，以防暴风雪钻进马厩里来，然后摘下一只手套，将右手夹在腋下焐了焐，等手指恢复了一点儿知觉，才将提灯点亮。

他给王子喂水，让它吃饲料，又把它的毛仔细地梳刷了一遍。

做完这一切后，他用干净松软的干草给累坏了的王子铺好了窝。

"你救了我的小麦种子，王子。"他亲昵地对王子说，然后轻轻地拍了它一下。

他拎着水桶，脚步踉跄地走到后房，装了一桶雪。当他跌跌撞撞走进屋里时，罗雷正从粮食店的前房走进来。

"嗨，你总算回来了！"罗雷说，"我刚才去外面找你了，可是这风雪太大了，就连一英尺远的地方都看不清。你听听它的怒吼声！老天保佑，你总算赶回来了。"

"我们运了六十袋小麦回来！"阿曼乐告诉他。

"真的？我还以为这件事根本就不靠谱呢！"罗雷赶快在火上添了一些木炭，"你们付了多少钱？"

"一元两角五分。"阿曼乐把他的皮靴脱下来。

"天啊！"罗雷吹了一声口哨，"这是你们能谈的最低价吗？"

"对！"阿曼乐简短地回答，同时将袜子一点点脱下来。

罗雷注意到了阿曼乐的举动，他也看到了那满满一桶雪。便吃惊地问道："这些雪拿来干什么？"

"你以为这是用来干什么的？"阿曼乐只是哼了一声，"当然是给我的脚解冻用啊。"

他的脚已经冻得像死人的脚一样毫无血色，也没有一点儿知觉了。他们就坐在房间里最冷的角落，罗雷帮阿曼乐用雪使劲揉搓着，直到他的脚能感觉到刺痛，不过这种刺痛让他的胃部非常难受。那天夜里，他虽然已经累得浑身像散了架，却难以入睡，因为他的脚像火烧一般钻心地痛，不过他心里非常高兴，这证明他的脚还没有冻伤得那么厉害。

在这场暴风雪持续的几天里，他的脚一直都是肿痛难当。每次他去做杂活儿都得穿着罗雷的大皮靴。不过等暴风雪停了之后，他的脚就消肿了，可以穿自己的靴子上街了。

这么久一直待在屋子里听暴风雪的喧闹，现在能出来走走，呼吸一下新鲜的空气，晒晒太阳，听一下不那么狂怒的风声，真是太美好了。不过，现在的风还是那么强劲，让人有点儿吃不消，他连一条街都没走完，就已经冻得不行了，于是他走进了福勒的店里。

店里的人真多啊，大家挤成一团，镇上的人几乎都在这儿，他们正在愤怒地议论着什么，店里的气氛十分紧张。

"嗨，发生了什么事？"阿曼乐问。

霍桑先生转过身来，向阿曼乐问道："你向洛夫托斯收小麦的运费了吗？凯普说他没收。"

凯普乐呵呵地说："嗨，阿曼乐！你为什么不向那个吝啬鬼收运费呢？我真够傻的，竟然告诉他我们跑这一趟只是图个好玩儿。我现在真想去把我们的运费讨回来！"

"到底出了什么事？"阿曼乐问，"没有，我一分钱也没收。谁说我们跑这一趟是为了钱啊？"

福勒先生说："洛夫托斯把那些小麦按一袋三元的高价卖给大家。"

大家又开始议论纷纷，高瘦的爸这时站到炉灶边的木箱上，他的脸颊已经瘦得深深地凹陷下去了，颧骨高高的，一双蓝眼睛却炯炯有神。

"光在这儿议论解决不了问题。"他说，"我提议，大家一块儿去找洛夫托斯理论理论。"

"你现在总算说话了！"下面的一个人喊了起来，"走啊，伙计们！我们自己动手去搬那些小麦！"

"我说的是找他理论，"爸反对他们这样做，"跟他讲讲情理和公道。"

"也许你可以这么说，"有个人叫起来，"但是我更关心的是有什么吃的！老天爷，我可不能空着双手回去面对我的孩子！难道你们愿意空着手回去吗？"

"不！不！"几个人表示同意。就在这时，凯普说话了。

"阿曼乐和我对这件事有句话要说——小麦是我们运回来的，但我们可不想惹麻烦啊！"

"对呀，"福勒先生说，"喂，伙计们，我们谁都不希望镇上出乱子。"

"我看不出大家这样愤怒有什么作用。"阿曼乐说。他正打算继续说下去，一个人粗鲁地打断了他的话。

"是啊，反正你有的是吃的！你们两个和福勒家都不愁吃！可我决不能空手回家……"

"你家里还有吃的吗，英格斯先生？"凯普打断了那人的话。

"一点儿也没有了。"爸说，"昨天已经把最后一点儿小麦磨完了，今天早晨已经吃光了。"

"这样就好说了。"阿曼乐说，"就让英格斯先生来处理这件事吧。"

"好吧，我来带头。"爸同意了，"大伙儿都一起去，让我们看看洛夫托斯怎么说。"

大家排成一队跟在他的后面，走过满是积雪的街道，拥进了杂货铺。洛夫托斯先生看见他们走进来，赶紧跑到柜台后面站着。店里看不见小麦的影子，洛夫托斯已经把小麦搬进了后房里。

爸第一个开口说话了，他说大家都觉得老板出售小麦的价格太高了。

"那是我的事！"洛夫托斯说，"是我的小麦，对不对？我可是花高价买来的。"

"我们知道你每袋花了一元两角五分。"爸说。

"那是我的事!"洛夫托斯重申道。

"我们要叫你知道这究竟是谁的事!"人群中有人怒气冲冲地喊道。

"你们敢碰一下我的财产,我就要运用法律来对付你们!"洛夫托斯回答道。

但是下面的人们并不以为然,反而哈哈大笑起来,恶狠狠地看向洛夫托斯。

洛夫托斯一拳捶在柜台上,大声喊道:"那些小麦是我的,我想卖什么价就卖什么价!"

"是啊,洛夫托斯,你是有这种权利,"爸说,"这是一个自由的国家,每个人都有权按自己的意愿自由处理他的财产。伙计们,你们知道这是事实。但是,洛夫托斯,别忘了我们每个人都是自由而独立的。这个冬天不会永远这样持续下去,春天总会到来的。等冬天过去了,你还要继续做生意吧?"

"你是在威胁我?"洛夫托斯质问道。

"我们用不着威胁你,"爸说,"这是明摆着的事实。你有权利做你高兴做的事,我们也有权利做我们高兴做的事。这是同样的道理。你现在对我们趁火打劫,就像你说的,那是你的事。但是你不要忘了,你的生意也依靠我们的信任。你现在可能还察觉不到,但是到了明年夏天,你应该就知道我们的重要了。"

"是啊,洛夫托斯,"福勒先生说,"你必须待大伙儿好一点儿,要不然生意是做不了多久的。在这个自由的国家,你这么做是行不通的。"

一个愤怒的人大叫:"我们不是来听你们闲聊的,小麦在哪儿？"

"别傻了，洛夫托斯。"霍桑先生劝说道。

"那些钱从你钱箱里拿出去只不过才一天时间，"爸说，"再说这两个冒着生命危险的年轻人都没有收你的运费。你可以赚取一点儿合理的利润，只需要一个小时就能收回本钱。"

"你所谓的合理利润是多少？"洛夫托斯说，"我尽量低价买进，高价卖出，做买卖就这样！"

"我可不这么认为。"福勒先生说，"我认为做买卖最重要的就是要好好地对待你的顾客。"

"现在阿曼乐和凯普就在这里，如果他们去运小麦向你索要了运费，那么你现在要的价钱，我们也就没理由反对。"爸说。

"好啊，那你们为什么不要运费？"洛夫托斯问他们，"我打算付给你们合理的运费。"

此时凯普的脸上没有一丝笑容，他的这副表情曾经将蛮横的铁路工人吓跑过。"别把你的脏钱给我们。阿曼乐和我走这一趟，可不是为了向饥饿的人们刮取油水的！"

阿曼乐也非常生气地说："如果你能听懂的话，请你给我听好了，就是造币厂所有的钱也不够支付我们走这一趟所付出的代价。我们可不是为你去的，你也付不起我们所冒风险的钱！"

洛夫托斯望了望凯普，又望了望阿曼乐，再看看大家，发现大家都在用鄙视的眼光看着他。他张开的嘴又闭上了，好像被打败了一样。然后他说道："我看就这么办吧，伙计们，你们就按进价买小麦吧，每袋给一元两角五分。"

"我们并不反对你赚点儿合理的利润，洛夫托斯。"爸说。可是洛夫托斯摇了摇头。

"不，我按进价出售。"

　　这大大出乎人们的意料，有好一阵子，大伙儿都回不过神来。接着，爸建议说："我们大家集合起来，算一下每家都需要多少小麦，以配比的方式来决定每个家庭该买多少小麦，你们觉得怎么样？"

　　大伙儿同意他说的方法。最后算出来，这些小麦可以让每个家庭度过八到十个星期的时间。有些人家里还有点儿土豆，有些还有些小饼干，有些人家里还有糖浆，他们就少买一些。阿曼乐没有买，凯普只买了半袋，爸买了两袋。

　　阿曼乐注意到爸并不像一般的男人那样把面袋一抛就扛上肩。"它扛起来还真不轻呢！"阿曼乐说着把小麦袋子抬起来，平稳地放在爸的肩上。阿曼乐本想帮他扛回家的，可是他知道，一个男子汉是不愿意承认他连一百二十磅的东西都扛不动的。

　　"跟你赌一支雪茄烟，我下棋准会赢你。"阿曼乐笑着对凯普说。他们一起走过街道，向药店那边走去。当他们正走在雪花飞舞的街上时，爸正好走进自己的房子。

　　罗兰听见前门打开又关上了。她们都一言不发地坐在黑暗中，就好像在做梦一般。她们听道爸迈着沉重的脚步走过前门，接着厨房的门被打开了，一件沉重的东西咚的一声落到了地上，连地板都跟着震动起来。然后爸关上门，把跟随在身后的严寒挡在了门外。

　　"那两个孩子回来了！"他气喘吁吁地说，"这是他们带回来的小麦，卡洛琳。"

第三十章
暴风雪打不倒我们

这个冬天似乎永远也不会结束了。他们一直在浑浑噩噩地过日子，好像无法真正从睡梦中醒来了。

每天早上，罗兰从床上起来后就进入寒冷的空气中。她跑到楼下的炉灶边穿上衣服，爸早就把火生好了，现在去马厩干活儿了。早饭吃的依然是黑面包。然后罗兰、妈和玛丽便都忙着磨小麦、拧干草棒。因为天气实在太冷了，所以炉火得不停地燃烧着，不能熄灭。到了下午，全家人又吃一顿黑面包当作午餐兼晚餐，然后罗兰爬到冰窖一般的床上，冻得直哆嗦，直到渐渐暖和了才进入梦乡。

第二天早上，罗兰又很早就起床了，天气照旧很冷。她靠在炉灶旁赶紧穿上衣服，又吃着属于自己的那份黑面包。轮到她磨麦子和拧干草棒的时候，她感觉自己还在梦中。她觉得自己快被寒冷和暴风雪击垮了。她知道自己又迟钝又萎靡，可就是没办法清醒过来。

她们再也没心思念书。好像世界上除了寒冷、黑暗、不停的劳作、粗糙的黑面包和暴风雪之外，就再也没有别的东西存在了。

暴风雪似乎永远不会疲倦，屋子一直摇晃着，低沉的咆哮声和嘶吼声经常会穿透屋子。

每天早上，罗兰快速起床，下楼穿衣服，然后就是忙忙碌碌的一天。到了晚上，罗兰蜷缩在冰冷的床上，等身体暖和之后再慢慢入睡。

最近，也听不到爸唱那首向日葵之歌了。

只要天气晴朗，爸就抓紧时间去搬运干草。有时候，暴风雪只持续两天。在下一场暴风雪到来之前，可能会有三四天晴朗的天气。

"我们就快把暴风雪打败了。"爸说，"这场暴风雪一定不会持续很久的。三月马上就过去了。我们肯定能熬过去的。"

"小麦还够吃，"妈说，"我真是感激不尽。"

终于到了三月底，马上就是四月了。暴风雪依然在肆虐，而且虽然两场暴风雪之间的时间拉长了，但是下一场暴风雪的来势却更加凶猛。

天气还是那么严寒，风暴依旧不断，一家人还要继续磨麦子，也要拧干草棒。罗兰好像已经忘记了夏天，她甚至无法相信夏天还会到来。眼看四月一天一天地过去了。

"干草还够吗，查尔斯？"妈问。

"还够，这多亏了罗兰。"爸说，"如果没你帮我收割干草，小丫头，我是绝对不能储存这么多干草的，我们也早就没有干草可烧了。"

那些收割干草的炎炎夏日，似乎变得十分遥远。当爸同意让罗兰一起去帮忙的时候，那种欣喜的心情也好像是一个世纪以前的事情了。现在，只有暴风雪和不停转动的咖啡磨的声音，只有寒冷和一成不变的漆黑的夜晚才是真实的。罗兰和爸刚刚拧完干草棒回来，他们伸出冻得红肿僵硬的双手，放在炉灶前烤着。这时妈正在切晚餐要吃的黑面包，那种面包真的难以下咽。

"它打不倒我们的！"爸信心十足地说。

"它真的打不倒我们吗？"罗兰痴痴地问。

"当然！"爸说，"到时候它一定会放弃的，而我们绝不放弃。所以它拿我们束手无策，因为我们会一直坚持着。"

听着爸的话，罗兰的心感到一股暖流流过。这种温暖的感觉就好像黑暗中的一道光亮，坚定了每个人的信心。虽然那道光非常弱，但没有风能吹灭它，因为它永远不会放弃。

这天晚上，他们吃过粗面包，便到黑暗冰冷的楼上睡觉了。罗兰和玛丽躺在冰冷的床上，瑟瑟发抖，同时还在默默地祈祷。等到身体暖和之后，她们就睡着了。

过了午夜，罗兰突然听到一阵风声吹过。虽然风仍然吹得十分猛烈，但是没有了那种刺耳的怪叫和低吼，现在风声里夹杂着另外一种声音，那是一种细微的、飘忽的液体流动的声音，罗兰听不出那是什么声音。

罗兰把头伸出被窝，用心倾听。这次，她没有感到逼人的寒气，脸颊也没有因此而感到刺痛，甚至那片黑暗也比原来柔和了很多。她伸出手来，只是感到有一点点凉意。一刹那，她明白了，那是屋檐在滴水。

罗兰兴奋地从床上跳起来，大声喊道："爸！爸！外面在刮春风呢！春天来了！"

"我听到了，罗兰，"爸在下面的房间说，"是春天来了。好了，赶快睡觉吧！"

是春风刮来了！春天终于来了！暴风雪最终还是被打败了，灰溜溜地被赶向北方去了。罗兰感到从未有过的幸福，她在床上伸了个懒腰，把两只手臂都放在被子外面，却不觉得冷。她听见风声和屋檐的滴水声，知道躺在另一个房间的爸也在听这声音。

春风吹来，这预示着冬天即将离去。

到了早晨，雪几乎都不见了。窗户上结的霜花已经融化，屋子外面的空气清新而温暖。

爸做完杂活儿，快活地吹着口哨回来了。

"姑娘们，你们都赶快起来吧！"他满面笑容地说，"我们终于打败了冬天！春天已经到来了。没有人再挨饿受冻了！"他说着，摸摸自己的鼻子，"唉，我的鼻子好像变长了点儿。"虽然爸的口气装得非常忧愁，但是他的眼睛却闪闪发光，充满了笑意。

"我的鼻子是变长了，而且还红了很多呢。"爸照照镜子说。

"别为你的相貌操心了，查尔斯，"妈说，"美貌是很肤浅的东西。快来吃早餐吧。"

妈微笑着，爸走到桌边，伸出手轻轻地捏了一下她的下巴。格蕾丝一蹦一跳地跑到她的座位边，笑着爬了上去。

玛丽把她的椅子从炉灶旁拉开。"离炉灶太近了，真热！"她说。

竟然有人会觉得热，这是多么不可思议的事啊！

卡琳一直站在窗边不肯离开。她说："我喜欢看水流动。"

罗兰没说话，那是因为她太高兴了。她几乎很难相信冬天已经过去了，春天来了。爸问她为什么不说话，她认真地说："我在夜里都已经说过了。"

"是啊，你真的说过了呢！你把大家从睡梦中吵醒，告诉我们风在吹！"爸开心地逗着她，"听你这兴奋的口气，就好像好几个月没听过风声一样！"

"我说的可是春风，"罗兰解释说，"完全是两码事啊！"

234

第三十一章
等待火车到来

"我们就耐心地等火车开过来吧。"爸说,"等火车来了,我们才能搬回放领地去。"

虽然爸用防水纸把放领地上的小屋密封了起来,可是暴风雪已经把防水纸刮开并吹成了碎片,冰雪从墙壁和天花板的缝隙里钻进了房子里。现在,绵绵春雨又打了进去,小屋必须重新整修一番才能住人。不过在火车没开来之前,爸没法去整修小屋,因为,商店里已经没有防水纸出售了。

草原上的积雪渐渐融化。先前被积雪覆盖的草原,现在已冒出了一片嫩绿的新芽。沼泽地积满了水,这些水是积雪融化后汇集而成的。大沼泽的范围也在不断地扩张,一直延伸到银湖,与银湖连成了一片水域。要是想从南边来到小镇的话,必须得绕过银湖,要多走好几英里的路。

一天,波斯特先生步行来到镇上。他说由于路面还有很多地方积满了水,所以他没法赶着马车来,只好沿着沼泽的铁路走过来。

波斯特先生告诉他们波斯特太太很好。她没跟他一块儿来,是因为大草原上处处都是积水,几乎变成了一片湖泊,而他也拿不准沿着铁轨能不能走到镇上来。现在他知道可以通过了，就对大家说，不久波斯特太太就会跟他一起到镇上来。

有一天下午，梅莉来了，她和罗兰带着玛丽到镇子西边的草原上散步。罗兰已经有好长时间没看见梅莉了，她们彼此觉得有些陌生，得重新开始认识对方。

已经一片嫩绿的草原，处处都有积水很深的沼泽，水面上倒映着蓝天白云。野雁和野鸭从她们头顶飞过，它们的鸣叫声传遍了四周。它们正急急忙忙地赶到北方去筑巢，没有在银湖上面栖息。

绵绵春雨从不含恶意的灰色天空中飘落下来，使得已经涨得很高的沼泽水域更加宽阔了。然后连续几天出了太阳，接着又下起了雨。

粮食店的门已经锁了，里面空荡荡的。怀德兄弟拉着小麦种子绕过镇子北边的沼泽地带，到他们的放领地去了。爸说他们正忙着在自己的土地田上播种呢。

火车还没来。罗兰、玛丽和卡琳还是轮流转动着咖啡磨，早晚依旧吃着粗糙的黑面包。袋子里的小麦已经不多了，可还是不见火车到来。

因为铁道沟里积满了硬硬的、黏糊糊的雪泥，都是冬天的暴风雪犁过的草地里的泥土刮了过来，跟积雪混在一起，把铁道沟堑填得满满的，犁雪机都开不过去。工人们只好拿起十字镐一点儿一点儿地敲下来，铲走。这项工作进行得非常慢，因为有一些比较大的铁道沟，工人得向下挖二十英尺，才能挖到铁轨。

眼看四月慢慢过去了。镇上已经没有粮食了，阿曼乐和凯普在二月底运回来的六十袋小麦也所剩无几。妈做的面包越来越小，可是火车还是没有开来。

"能不能想法子运点儿东西进来，查尔斯？"妈问。

"我们讨论过这件事了，卡洛琳，可谁也不知道该怎么运。"爸说。他整天挥着十字镐干活儿，已经累得精疲力竭。镇里的人都在忙着清除西边的铁道沟，因为被困在那边的工作车得先开走，火车才能开过来。

"我们没有办法驾着马车去东边。"爸说，"因为所有的道路都被水淹了，沼泽变成了湖泊，到处都是一片汪洋，就算在高地上，马车也会陷进泥泞里。如果情形更糟糕的话，那就只能踩着枕木走出去了，可是到布鲁金斯来回走一趟，差不多有一百英里，而且一个人带不了多少东西，路上还得吃掉一部分呢。"

"实在不行，我们就吃野菜！"妈说，"可是我在院子里还没找到可以吃的野菜呢。"

"我们可以吃草吗？"卡琳问。

"不行，小淘气，"爸笑着说，"你用不着吃草。翠西那边的工人已经把沟挖通了一半，相信他们在一个星期内就会把火车开过来的。"

"我们能用眼下的粮食维持到那个时候。但是查尔斯，你可要保重身体，最近你太辛苦了。"妈说。

爸的手一直在发抖。他整天挥着十字镐和铲子干活儿非常疲劳，不过他说只要好好睡一觉就没事了。"最重要的是把火车道沟挖通。"他说。

四月的最后一天，工作车终于开了过来，从小镇经过。火车的鸣笛声和天空中冒着的滚滚黑烟一下把沉睡中的小镇唤醒了。工作车只是在小镇的车站上停了一下，喷着蒸汽，响着铃铛，一声鸣笛响起就又开走了。虽然这辆车什么都没有带来，不过它却传达了一个好消息——明天火车就会开过来了！

第二天早上，罗兰一醒来就在想：火车要来了！灿烂的阳光照耀着大地，她睡过了头，妈却没有叫醒她。她跳下床赶紧穿衣服。

"等等我，罗兰！"玛丽说，"别这么着急，我找不到袜子了。"

罗兰只好帮她找袜子。"在这儿呢，对不起，我跳下床的时候把袜子弄到一边去了。快穿上吧！来啊，格蕾丝！"

"它什么时候到啊？"卡琳激动得气都喘不过来了。

"随时都会到，没人知道什么时候到。"罗兰回答。她一边下楼一边唱起了歌："要是你醒了，我亲爱的妈妈，就早点儿叫醒我，早点儿叫醒我。"

爸坐在桌边，他满脸微笑地看着她："嗨，爱操心的小姑娘！你就要当五月皇后了！这么晚才起床啊？"

"妈没叫醒我！"罗兰开心地说。

"做这么点儿早餐不需要人帮忙。"妈说，"每人只有一块饼干，而且是一小块饼干。做这些饼干已经把最后一粒小麦都用上了。"

"我一块也不要。"罗兰说，"你们可以把我的那份吃了。在火车没来之前，我都不饿。"

"你还是把你的那份吃掉吧，"爸说，"吃完了我们一起等火车来。"

大家围坐在餐桌旁，快乐地吃着饼干。妈说爸应该拿最大的一块，爸同意了。然后爸坚持让妈拿第二大的那一块。玛丽当然是拿第三大的一块了。接下来罗兰和卡琳拿了几乎大小相等的两块饼干，最小的那块留给了格蕾丝。

"我以为我做的饼干大小都差不多呢。"妈说。

"我认为苏格兰女人最会持家。"爸说，"你不但可以在火车开来之前用小麦做出最后一餐，而且还能为我们六个人做出大小不同的饼干呢！"

"正好匀着吃到现在，真是奇迹。"妈也觉得太不容易了。

"你就是奇迹啊，卡洛琳。"爸对她微笑着，然后站起来戴上帽子。"我觉得真好！"他说，"现在，我们真的把冬天给打败了！最后的暴风雪已经被扔到道沟外面去了，今天火车就要开来了！"

那天早上，妈把所有的门窗都打开，让带着沼泽湿润气息的空气吹进屋来。屋子里弥漫着清新而芬芳的香气，屋外的阳光正在明媚地照耀着大地。这时，一列长长的火车越过草原，鸣响了汽笛，整个镇子都沸腾了。大家都朝着车站走过去。罗兰和卡琳急忙跑到窗户前，妈和格蕾丝也走了过来。

她们看见火车烟囱冒出了滚滚黑烟。接着，火车头就喷出一股白色的蒸汽，拖着长长一列火车驶向车站。黑烟混合着白色的蒸汽从火车头喷了出来，每喷出一次，汽笛就跟着响一次。刹车员站在车顶上，从车厢上跳下去拉住刹车闸。接着，火车停下来，是一辆货真价实的火车真真实实地停到了那里！

"我真希望杂货铺能收到去年秋天订的货。"妈说。

过了一会儿，火车的汽笛又鸣响了，刹车员把车闸松开。铃声敲响了，火车头先向前开，再往后退，随后就朝西方奔驰而去，留下了一股浓浓的黑烟和一声长长的汽笛声，同样留在小镇的，还有三节车厢。

妈深深地吸了一口气，说："真是太好了！又可以吃上各种各样的食物了！"

"我希望以后再也不会看见黑面包了。"罗兰说。

"爸什么时候回来？我要爸回来！"格蕾丝吵闹起来，"我现在就要爸回来！"

"格蕾丝！"妈温和地责备了她。玛丽把格蕾丝抱了起来。

"来吧，孩子们，我们得把被褥晾晒一下。"妈说。

已经过去了一个小时，爸还没有回来。最后连妈都觉得有点儿奇怪，不知道爸遇上什么事情给耽搁了。她们都耐着性子一直等着他回来。爸回来时双手抱着一个大一些的纸包和两个小一些的纸包，等把手里的东西放下，他才对大家说："我们忘了这列火车整个冬天都是埋在雪堆里的。火车的确开来了，但你们猜它带了什么？只有一车厢的电报线杆子，一车厢农耕机械，还有一节移民车厢。"

"没有杂货？"妈非常失望。

"没有，什么也没有。"爸说。

"那是什么？"妈摸了摸那个大包。

"这是土豆，这个小包是面粉，这包是腌咸肉。乌渥兹进了移民车厢，把他能找到的可以吃的东西全都平分给大家了。"爸说。

"查尔斯！他不应该这么做！"妈吃惊地说。

"我才不管他应该怎么做呢！"爸愤愤地说，"让铁路公司自己承担损失吧！我们可不是镇上唯一没有东西吃的人家。我们都让乌渥兹把车厢打开，不然我们就自己动手。他本来还想劝说我们，明天还有一列火车要开来，可是我们不愿意再等下去了。如果你现在就煮点儿土豆，煎些咸肉，我们就可以好好吃上一顿了！"

妈把包裹打开。"在炉灶里加一些干草棒，卡琳，让炉火燃起来，我要调一些面糊来做白面饼干。"她说。

第三十二章

圣诞礼物桶

第二天，火车开来了。又是一声汽笛响过之后，火车开走了。爸和波斯特先生抬着一只桶从街上走过来。他们把它竖着抬进屋子，放在前房的中央。

"这就是那个圣诞礼物桶！"爸对妈喊道。

说完，他拿来铁锤，把桶顶上的钉子拔出来。大家都围在桶边，迫不及待地想看看里面装了什么。爸掀开桶盖，把盖在上面的厚厚一层黄皮纸揭开。

最上面放的是衣服。爸先抽出一件漂亮的深蓝色法兰绒连衣裙。裙摆上打满了花褶，而精美的鲸骨内衬前系着一排金灿灿的金属扣。

"看这大小正适合你。"爸笑着对妈说，"接住，卡洛琳。"然后他又把手伸进桶里。

这次是一套温暖的法兰绒内衣裤，还有一条浅蓝色的绒毛围巾，他递到玛丽的手里。接下来，他拿出一双黑皮鞋，正好合罗兰的脚。然后是五双机器织的白色羊毛袜子，这些袜子可比自己家里织的更轻薄更暖和。爸又拿出一件黄色大衣，这件大衣给卡琳穿有

241

点儿大，可是等到下一个冬天就合身了。然后是一顶红色的兜帽和一副配兜帽的手套。

最后，他拿出一条丝绸的披巾。

"啊，玛丽！"罗兰说，"这条披巾真的好漂亮，是这里面最美丽的一件东西。披巾是浅灰色的，上面有绿色、玫瑰红、黑色的细条纹，还缀着精美的流苏，很多颜色编织在一起，好美啊！你摸摸，这丝绸多柔软、多轻盈啊！"她把披巾的一角放到玛丽手里。

"啊，真美啊！"玛丽深深地吸了一口气。

"这条披巾给谁呢？"爸问道。

"给妈！"她们异口同声地说。

这么漂亮的披巾当然应该给妈。爸把披巾放在她的手臂上，这条披巾就像妈一样，那么温柔却又那么坚韧，焕发着美丽耀眼的光芒。

"我们可以轮流用！"妈说，"玛丽去上学的时候，就可以随身带去。"

"爸，你的呢？"罗兰问。爸有两件精纺布白衬衫和一顶深褐色的丝绒帽子。

"这里面还有呢。"爸说。他从桶里取出两件小裙子。一件是蓝色法兰绒的，另一件是绿色与玫瑰色格子呢的。这些衣裙给卡琳穿太小了，给格蕾丝穿又显得有些大，不过等格蕾丝再长大一些就能穿了。桶里还有一本印在布上的启蒙读本和一本纸面光滑的《鹅妈妈》故事书，封面上还印着一幅彩色图画。

桶里面还有一整盒的彩色纱线，一盒刺绣的丝线和一些打了孔的薄纸板，有金色和银色两种。妈把这两盒东西都交给了罗兰。对她说："圣诞节的时候，你把自己辛苦做出来的漂亮刺绣给了别人，现在你就用这些去做针线活儿吧！"

罗兰激动得说不出话来。她因为长时间拧干草棒，双手已经变得十分粗糙，还留下了疤痕。她轻轻地抚过丝线，但丝线却被手勾住了。不过，丝线绚丽的色彩就像一支美妙而和谐的乐曲。她的手指一定会重新变得细腻光滑起来。到时候，她就又能在那些金色或银色的纸板上绣花了。

"咦？这是什么东西？"爸从桶底取出一大包用厚厚的黄皮纸重重包裹的东西。

"天啊！"他惊叫起来，"这不是我们的圣诞火鸡吗？还冻得硬邦邦的呢！"

他把火鸡举起来给大家看。"好肥啊！如果我没猜错的话，它应该有十五磅重。"他手一松，大黄纸包砰的一声落在地上，里面滚出几颗酸果来。

"里面还有一包配火鸡吃的酸果！"爸说。

卡琳高兴得尖叫起来，玛丽使劲地搓着两只手，发出满足的叹息。妈则追问着爸，商店里有没有运来杂货。

"运来了，糖、面粉、干果和肉，应有尽有。"爸高兴地说道。

"那太好了！波斯特先生，你后天就带着波斯特太太来。"妈说，"请早一点儿来，我们要用圣诞大餐来庆祝春天的到来。"

"就这么定了！"爸欢呼起来。

"哈哈哈……"波斯特先生把头往后一仰，开怀大笑起来。他爽朗的笑声立刻响彻了整个房间，大家都跟着大笑起来。因为当波斯特先生大笑的时候，任何人都难以忍住不笑。

"我们会来！我们一定来！"波斯特先生笑呵呵地回答，"五月里吃圣诞大餐！在这个忍饥挨饿的冬天过后，用一顿五月圣诞节大餐来庆祝真是再合适不过了！我要赶紧回家把这好消息告诉我太太。"

第三十三章

五月的圣诞节

爸那天下午就买回了杂货，进门的时候抱着好几包东西。看见那些装得满满的整包砂糖、面粉、苹果干、苏打饼干和奶酪，大家都显得特别激动。现在，煤油灯已经装得满满的了，罗兰高兴地把油灯的玻璃罩擦得亮亮的，还修剪了灯芯。晚餐时，灯光透过干净的玻璃罩照在红格子桌布、白色的面包、土豆和一大盘煎咸肉上。

当天晚上，妈用固体的发酵片揉好面包起子，还泡了一些苹果干准备做水果派。

第二天早晨，天刚蒙蒙亮，没等妈来叫，罗兰就起床了。她一整天都在帮妈烤面包、炖汤、煮各种好吃的，准备第二天的圣诞大餐。

那天早晨，妈把发好的面包起子放进盆里，加上面粉，用水和好，继续发酵。罗兰和卡琳细心地去掉小红莓的蒂，用水仔细清洗。妈把洗好的小红莓与砂糖一起放进锅里煮，一直煮成深红色的果冻。罗兰和卡琳又挑了些葡萄干，并把籽去掉。妈用文火慢慢地炖苹果干，最后将它和葡萄干混合做成水果派。

"我想要的材料都有了，好像还有点儿不习惯。"妈说，"我们有足够的苏打粉和奶油，我觉得可以做一个蛋糕。"

厨房里一整天香味扑鼻。到了晚上，在橱柜里已经有了几条烤得金黄的面包、一块表面洒了一层白糖的蛋糕、三个苹果派和小红莓果冻。

"我真想现在就大吃一顿，"玛丽说，"我已经等不到明天了。"

"我最想吃的是火鸡。"罗兰说，"你可以把鼠尾草放在填料里，玛丽。"

罗兰看上去很大方的样子，但玛丽还是跟她打趣说："那是因为你没有可以吃的洋葱了吧。"

"孩子们，要有点儿耐性。"妈和蔼地说，"晚餐我们可以吃一条面包，还有一些小红莓果冻。"

啊，太好了！圣诞大餐提前一天就开始了！

在这么美好的时刻睡觉的话，真的有点儿太浪费了，不过，好好睡上一觉却是让明天早早到来的捷径。罗兰闭上眼睛后，好像没过多久妈就叫醒了她。明天一下子就变成了今天啦。

真快啊！早餐时间一下就结束了，罗兰和卡琳还在清理桌子和洗碗碟的时候，妈就把大火鸡收拾干净准备拿去烤了，塞进火鸡肚子里的填料也早已拌好了。

五月的早晨非常温暖，草原上吹来的风带着春天的气息。所有门窗都敞开着，现在两个房间都可以使用了。罗兰自由自在地出入，这让她感到无拘无束，那种心烦的感觉再也没有了。

妈把两把摇椅放在窗前，免得在房子中间挡路。现在火鸡已经放进烤箱里了。玛丽和罗兰把餐桌搬到前房的正中央，玛丽把桌子四周的折板拉起来，罗兰递给她一块白色的桌布，她摸索着将桌布铺开。接着，罗兰把碗盘从碗橱里拿出来，玛丽把它们一个个在桌边摆好。

卡琳在削土豆皮，格蕾丝在两个房间里跑来跑去。

妈端出满满一碗红得发亮的小红莓果冻，把碗放在白桌布中央，大家都觉得效果非常好。

"我们要准备一些黄油和面包，这样能搭配着吃。"妈说。

"不用担心，卡洛琳！"爸说，"木材场已经有防水纸卖了。我很快就会把小屋修好的，过几天我们就可以搬回放领地去住。"

屋子里弥漫着烤火鸡的香味，弄得大家口水直流。土豆在锅里煮得滚开，妈正准备咖啡，这时波斯特夫妇走了进来。

"最后一英里路，我几乎是闻着火鸡的味道走来的！"波斯特先生说。

"罗伯特，我认为见到朋友比吃什么都高兴！"波斯特太太笑着责怪他。她瘦了，脸上那可爱的红晕也消失了，但她还是那个讨人喜欢的波斯特太太，她的那双蓝眼睛依旧笑意盈盈，黑色鬈发掩在褐色的头巾下面。她热情地跟妈、玛丽和罗兰握手，一面说着话，一面弯下身来把卡琳和格蕾丝搂在了怀里。

"到前面的房间来吧，把大衣脱下来，波斯特太太。"妈对她说，"真高兴又见到你，都好久没见了！你就在摇椅上坐下来休息休息，和玛丽聊聊，我去准备午餐。"

"让我来帮忙吧！"波斯特太太说道，可是妈说她走了这么长的路，一定累坏了，坚持让她坐着休息，而且午饭都已经准备得差不多了。

"我和罗兰马上就会把午餐端上桌。"妈说。她匆匆地回到厨房，结果撞到了爸。

"我们还是别在这儿碍事的好，波斯特。"爸说，"来，让你看看我今天早晨拿到的《先锋报》。"

"又能看到报纸了，真是太好啦！"波斯特先生说。于是厨房又变成了厨师的天下。

"罗兰，拿只大盘子来装火鸡。"妈把重重的滴着油汁的火鸡从烤箱里取出来。

罗兰转身跑到碗橱前，发现架子上放着一个从未见过的包裹。

"那是什么，妈？"她问道。

"我不知道，打开看看就知道了。"妈说。罗兰打开包装纸，里面有一只碟子，碟子里装着一团黄油。

"黄油！是黄油！"她兴奋得大喊起来。

这时传来了波斯特太太的笑声，她向厨房这边说道："这是一份小小的圣诞节礼物！"

当罗兰把黄油端到桌子上时，爸、玛丽和卡琳都开心地大叫着，格蕾丝也不停地尖叫着。罗兰匆忙赶回厨房，拿了大盘子接住妈拿出来的烤火鸡，火鸡烤得棒极了！

接着，妈开始做肉汁了，罗兰做土豆泥。家里没有牛奶，不过妈说："放一点儿开水进去，把土豆弄成碎泥后，再用汤匙用力搅拌就可以了。"

虽然少了牛奶和黄油，可做出的土豆泥仍然白白的，松软可口。

餐桌上摆满了食物，椅子也都一一摆好了，大家围在餐桌旁坐好。妈看看爸，大家都低下头来祈祷。

"主啊，我们感谢你的恩赐。"爸只说了这么一句话，却胜过千言万语。

"餐桌和以前真的有很大不同啊！"爸一边说着一边把火鸡肉、馅料、土豆泥和一大匙小红莓果冻盛到波斯特太太的盘子里。接着，他又给每个人都盛了食物，说："真是一个漫长的冬天啊！"

"而且是个艰难的冬天。"波斯特先生说。

"真高兴我们都平平安安地度过了。"波斯特太太说。

波斯特夫妇一边吃着，一边给大家讲述他们在孤单的放领地小屋，是如何跟暴风雪和漫长的冬天斗争的，经过怎样的艰苦努力才度过了冬天。这时，妈给大家倒咖啡，给爸倒茶，然后把面包、黄油、肉汁递给每一个人，还提醒爸给大家添食物。

等大家把第二盘食物吃光后，妈又为大家添上咖啡，罗兰端出了苹果派和蛋糕。

他们在桌边坐了很长时间，兴致盎然地谈论着已经过去的冬天和即将到来的夏天。妈说她真想早点儿搬回放领地去，眼下的问题是道路依然泥泞，不过爸和波斯特先生都安慰妈说道路过不了多久就会干的。波斯特夫妇很庆幸自己一直在放领地的小屋里过冬，如今就少了搬家的烦恼。

最后，他们心满意足地离开了餐桌。罗兰把镶着红边的桌布拿出来，让卡琳帮她展开，把餐桌上剩下的食物和空盘子盖上。然后她们跟大家一起坐在洒满阳光的窗边。

爸高高地扬起手臂，先活动一下手掌，然后使劲挠着头发，直到头发一根根都立了起来。

"我想我僵硬的手指已经在这暖和的天气里恢复了。"爸说，"罗兰，你帮我把小提琴拿来，我要试试看还能不能拉。"

罗兰把小提琴拿过来，紧挨着爸站着。爸取出小提琴，用拇指拨了拨琴弦，然后一边听一边调紧琴弦，抹上松脂，轻轻地拉了几个音符。

几个清晰、真切的音符轻轻响起。罗兰喉头一紧，几乎哽咽了。

爸拉了几小节乐曲后说："这是我去年秋天学会的一首新歌，

是我在沃尔加清除积雪的时候学的。波斯特，你跟着我的高音部分唱，你们大家就仔细听着，听两遍就都会唱了。"

他们围在爸的身边，用心听着他拉这首曲子的前一段音乐。接着，在琴声的伴奏下，波斯特先生的男高音跟随着爸的歌声唱了起来：

生活是一个难解的谜，
因为我见过许多的人啊，
那本该闪耀着喜悦的光芒的脸庞，
却拉得比小提琴还长。
我相信世界有无数美好的事物，
能够让我们每个人分享，
但我见过的许多人啊，
都不满意自己的现状。

怨天尤人有何用，
有志者，事竟成。
尽管今天乌云笼罩，
但也许明天就会阳光明媚。

只有懦夫才会悲伤哭泣，
才会承认自己永远做不到。
只有奋勇向前，
才能攀上生命的高峰；
只有坚忍不拔，
才能赢得灿烂的人生。

249

大家一起哼着这首歌的曲调。等到第二遍合唱开始的时候，她们就已经能够跟上了。在波斯特先生的男高音和爸的男低音中，融入了波斯特太太的女中音、妈的女低音、玛丽的女高音，最后罗兰的女高音也加入进来：

怨天尤人有何用，

有志者，事竟成。

尽管今天乌云笼罩，

但也许明天就会阳光明媚。

在大家的歌声中，漫长的冬天所带来的恐惧和痛苦的乌云逐渐飘散了。春天来了，阳光明媚，轻风和煦，绿草萌发，一切都生机勃勃！